U0530868

主 编:陈 恒 孙 逊

光启文库

光启随笔

光启文库

光启随笔　光启讲坛
光启学术　　光启读本
光启通识　　光启译丛

主　编：陈　恒　孙　逊

学术支持：上海师范大学光启国际学者中心

辑封插图：张辰希
责任编辑：李彦岑
装帧设计：纸想工作室

藤影荷声好读书

彭 刚 著

商务印书馆
2018年·北京

图书在版编目（CIP）数据

藤影荷声好读书 / 彭刚著. — 北京：商务印书馆，2018
（光启文库）
ISBN 978 - 7 - 100 - 16038 - 4

Ⅰ.①藤…　Ⅱ.①彭…　Ⅲ.①随笔 — 作品集 — 中国 —
当代②演讲 — 中国 — 当代 — 选集　Ⅳ.①I267

中国版本图书馆 CIP 数据核字（2018）第073044号

权利保留，侵权必究。

藤 影 荷 声 好 读 书

彭　刚　著

商 务 印 书 馆 出 版
（北京王府井大街36号　邮政编码 100710）
商 务 印 书 馆 发 行
山东临沂新华印刷物流
集团有限责任公司印刷
ISBN 978 - 7 - 100 - 16038 - 4

2018年6月第1版　　　开本 889×1194　1/32
2018年6月第1次印刷　印张 6½
定价：42.00元

出版前言

梁启超在《清代学术概论》中认为,"自明徐光启、李之藻等广译算学、天文、水利诸书,为欧籍入中国之始,前清学术,颇蒙其影响"。梁任公把以徐光启(1562—1633)为代表追求"西学"的学术思潮,看作中国近代思想的开端。自徐光启以降数代学人,立足中华文化,承续学术传统,致力中西交流,展开文明互鉴,在江南地区开创出海纳百川的新局面,也遥遥开启了上海作为近现代东西交流、学术出版的中心地位。有鉴于此,我们秉承徐光启的精神遗产,发扬其经世致用、开放交流的学术理念,创设"光启文库"。

文库分光启随笔、光启学术、光启通识、光启讲坛、光启读本、光启译丛等系列;努力构筑优秀学术人才集聚的高地、思想自由交流碰撞的平台,展示当代学术研究的成果,大力引介国外学术精品。如此,我们既可在自身文化中汲取养分,又能以高水准的海外成果丰富中华文化的内涵。

文库推重"经世致用",即注重文化的学术性和实用性,既促进学术价值的彰显,又推动现实关怀的呈现。文库以学术为第一要义,所选著作求思想深刻、视角新颖、学养深厚;同时也注重实用,收录学术性与普及性皆佳、研究性与教学性兼顾、传承性与创新性俱备的优秀著作。以此,关注并回应重要时代议题与思想命题,推动中华文化的创造性转化与创新性发展,在与国外学术的交流对话中,努力打造和呈现具有中国特色的价值观念、思想文化及话语体系，为夯实文化软实力的根基贡献绵薄之力。

文库推动"东西交流"，即注重文化的引入与输出，促进双向的碰撞与沟通，既借鉴西方文化，也传播中国声音，并希冀在交流中催生更绚烂的精神成果。文库着力收录西方古今智慧经典和学术前沿成果，推动其在国内的译介与出版；同时也致力收录汉语世界优秀专著，促进其影响力的提升，发挥更大的文化效用；此外，还将整理汇编海内外学者具有学术性、思想性的随笔、讲演、访谈等，建构思想操练和精神对话的空间。

我们深知，无论是推动文化的经世致用，还是促进思想的东西交流，本文库所能贡献的仅为涓埃之力。但若能成为一脉细流，汇入中华文化发展与复兴的时代潮流，便正是秉承光启精神，不负历史使命之职。

文库创建伊始，事务千头万绪，未来也任重道远。本文库涵盖文学、历史、哲学、艺术、宗教、民俗等诸多人文学科，需要不同学科背景的学者通力合作。本文库综合著、译、编于一体，也需要多方助力协调。总之，文库的顺利推进绝非仅靠一己之力所能达成，实需相关机构、学者的鼎力襄助。谨此就教于大方之家，并致诚挚谢意。

清代学者阮元曾高度评价徐光启的贡献，"自利玛窦东来，得其天文数学之传者，光启为最深。……近今言甄明西学者，必称光启"。追慕先贤，知往鉴今，希望通过"光启文库"的工作，搭建东西文化会通的坚实平台，矗起当代中国学术高原的瞩目高峰，以学术的方式阐释中国、理解世界，让阅读与思索弥漫于我们的精神家园。

上海师范大学光启国际学者中心

2017年3月

目录

呵呵勋爵与历史文本的游戏　　3

被漫画化的后现代史学　　15

当代欧美史学中的多元化、
　碎片化与历史综合　　27

什么是历史：20世纪西方史学理论的
　几个片段　　35

当代西方史学的几点观察　　47

全球视野下的历史写作：
　与刘文明教授的对话　　85

历史学家的境界　　109

建构史学知识共同体的精神家园　　113

如何从历史记忆中了解过去　　119

追寻思想的踪迹　　131

施特劳斯的魔眼　　137

理论的价值　　149

思想的苇草 157

"素心人"的感恩心 163

做官可惜 167

大学里的"接轨"与"特色" 171

标准答案,毁人不倦 175

主与奴 179

"更多自主权、更大自由度"从何而来? 183

走不出的未名情怀 187

读书的意义 191

后　记 197

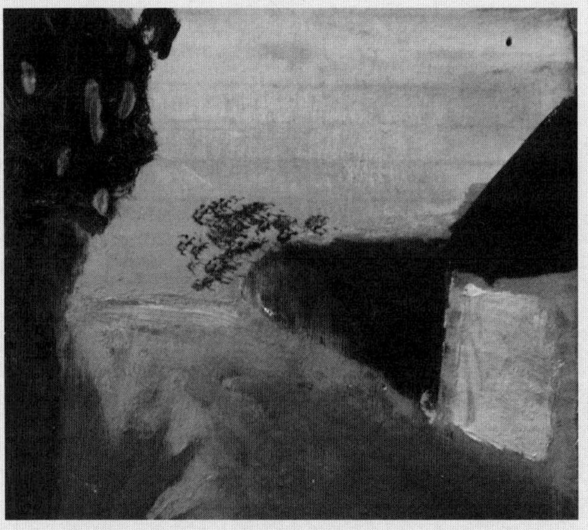

呵呵勋爵与历史文本的游戏

无线电的发明改变了人类的生活,其中的一端,便是在颇为不短的一段时期内,收听广播成了人们日常生活的一个部分。年少懵懂的时候,就有了极其深刻的印象,知道"收听敌台"是一项政治不正确而风险极大的事情。稍微年长些,读到了"东京玫瑰"的传奇故事,才知道,原来在敌我双方血肉相拼的当口,在美军这儿,收听敌台居然可以成为堂而皇之的娱乐活动。第二次世界大战的太平洋战场上,美国士兵将日方对美军广播的若干女广播员,称为"东京玫瑰"。她们在播送日方节节胜利而美军不断落败的消息(当然大都是些假新闻)的同时,也时时以温柔女性的暧昧声调暗示美国大兵们,他们在前线为了"老板"们浴血奋战的同时,家中的娇妻女友没准早就耐不住寂寞了。日方电台经常播出美国的流行音乐,也让太平洋上的美军士兵们有了消遣时光的好办法。对于这些美军而言,"东京玫瑰"的声音,似乎具有了和荷马笔下的妖女塞壬摄人心魄的歌声一样的魅力。占领日本本土之后,大概是为满足士兵们一睹庐山真面目的心愿,好几个美国记者还真找着了一位自称"东京玫瑰"的名唤户粟郁子的广播员。只是,她年近三十,从照片上看来,实在不像曾经有过动人风华的模样。虽未"半老","徐娘"却也谈不上。声音与本主之间相去甚远,难免要让美国大兵们大失所望了。

这边厢的欧洲战场上,一位名为威廉·乔伊斯(William Joyce)的德国对英广播员,也创造了同样的传奇。这位乔伊斯生在纽约,父亲是入了美国籍的英国移民。但他大部分时间生活在英国,早年还颇有些爱国者的名声。后来,乔伊斯成了一个立场极端的法西斯分子。1938年他申请英国护照,当时他谎称自己出生在爱尔兰。次年8月,英德之间的战事即将爆发前几日,乔伊斯将护照延期一年之后,去了德国。到德国后,他效命于戈培尔手下的宣传部,成为德国对英广播的首席广播员,并于1940年9月入了德国籍。乔伊斯一口地道的英国上流社会口音,在播送德军所向披靡的战事消息、做些瓦解对方人心的口水活儿之外,也颇能言善辩,插科打诨、嬉笑怒骂的功夫更是了得。乔伊斯的广播吸引了不少英国人,后来还有人回忆起他"雄浑的声音仿佛回响在教堂上方"的那种"令人难忘的魅力"。按照1939年年底的调查结果,居然有近30%的英国人定期收听他的节目。好在,让人感到安慰的是,对他的广播内容,几乎所有的听众采取的都是"吞掉糖衣、吐出炮弹"的方式。他的节目"成了战争第一年英国人的消遣,赖以度过漫长难耐的严冬",与此同时,这也表明

BBC的娱乐节目办得实在太糟糕。乔伊斯说话时，老要清嗓子，因此得了个"呵呵勋爵（Lord Haw-Haw）"的名声。有关他的广播，也出现了一些传布甚广的流言。比如说，他头一天提到的城镇，第二天就会有德国轰炸机光临；又比如说，他无所不知，某个英国小镇钟楼上钟的指针慢了几分钟，他也能说个分毫不差。当然，乔伊斯本人没有这样的本领，也没说过这样的话，类似的传言只足以证明他"走红"到了何种程度。

战争结束之后，乔伊斯落到了盟军的手中。对他的审判碰到了格外麻烦的问题，那就是，乔伊斯是否犯了叛国罪？从乔伊斯的角度来说，他从来就没有正式提出过要求加入英国国籍的申请，要判他有罪也不应该是叛国罪。如果说他在申请英国护照时说了谎的话，常规的情形，对此的刑罚不过是一笔小小的罚金而已。有一种说法是，既然乔伊斯申请英国护照，就表明他寻求英国的保护，他因此就负有对英国忠诚的义务，照此而论，乔伊斯的叛国罪名就能够成立。这样的论点得到很多人的赞成。可是，要是为乔伊斯辩解的话，也可以说，没有证据表明他到了德国之后还持有英国护照，更没有足够的证据表明，他在护照有效期内为德国进行广播。无论法理上可以有什么样的争议，现实中发生的事情是，1946年，40岁的乔伊斯被纽伦堡法庭处以绞刑。

"呵呵勋爵"人过留名。大名鼎鼎的史家泰勒（A. J. P. Taylor）的《1914—1945年的英国史》中，专门有一段谈到了他。偶然翻到某一本新闻史，也赫然将他的广播列为战时宣传的典型案例。各种工具书（如《钱伯斯百科全书》）中常常列有他的词条，也算是一时的风云人物了。可是，关于这位乔伊斯，尤其是涉及他战后受审被处绞刑一事，却有着诸多不同的历史文本，很值得仔细琢磨一番。也许，来做一个和他有关的历史文本的游戏，可以让我们别有心得。

历史学的传统向来是以追索历史真相、"还过去以本来面目"为鹄的。寻常的观点认为，历史研究要达到这样的"客观性"，只需要满足两个条件：一是历史学家要精心考辨史实，做到经自己之手写出来的论著，"无一字一句无来历"，禁受得住历史学家法的锤炼，表述出来的都是真实发生过的历史事实（如果碰到了只能以或然的方式来言说的东西，带有猜测和想象的成分，也必须在语言运用中将这一层内涵表达出来）；再就是，对于历史真实的表述，要不带任何主观色彩，避免将个人情感、好恶、价值判断等因素掺杂进去。客观中立的史料，自然会将其意义显露出来，而任何带有党派或其他偏见的人，都无法找到合理的根据来拒斥它。兰克所说的，他自己写的宗教改革史，要让天主教徒和新教徒都能够接受，就表达了类似的信念。虽然兰克本人的思想蕴涵，远比他那被实证主义化了的形象要深邃复杂许多。我们今天在书页报端当中，随处可见"让历史事实说话"的说法。倘若历史事实本身，自动地就会呈现出意义和结论来的话，傅斯年的那句名言"史料就是史学"，便应该是不刊之论了。

回到"呵呵勋爵"身上来，这里先以泰勒书中的说法为蓝本，试对乔伊斯之死进行简单的历史表述。在现有史料的基础上，我们可以肯定（或者至少暂时这么假定），其中的每一句都是确定无疑的，都是历史上真实发生过的事情，而且对这些史实的表述，我们都小心翼翼地避免让其带上任何主观色彩。于是，我们有了这样一段文本：

（甲）（1）按其1933年申请英国护照时的说法，威廉·乔伊斯生于爱尔兰。（2）但按其受审时的说法，乔伊斯生于纽约，父亲是入了籍的美国公民。（3）乔伊斯从未正式申请过英国国籍，尽管他一生中大部分时间在英国度过，并被人视为爱国者。（4）他成了一个法西斯分子，和他比起来，连"吸血鬼"奥斯瓦尔德·莫斯莱（一个臭名昭著的法西斯分子）都显得太温和了一些。（5）1938年，乔伊斯申请并拿到英国护照，当时他伪称自己为英国公民。（6）1939年8月，战争爆发前几天，他去了德国，效劳于德国宣传部。（7）倘若乔伊斯没有撒谎并拿到英国护照，他就不会被绞死。对此种谎言的通常刑罚是一小笔罚金。（8）1940年9月，他加入了德国籍。（9）乔伊斯在德国为德国宣传部工作，他是德国首席的英文广播员，并赢得了"呵呵勋爵"的名声（因为他说话时爱清嗓子）。（10）很多被归到乔伊斯名下的广播内容，其实他和别的人都没有说过。比如说，没有一个德国广播员宣布过德国轰炸机第二天会轰炸的城市的名字，或者说过某个地方的钟慢了十分钟。（11）这些传奇式的说法是战争时期人们神经太过紧张的产物。（12）后来他以叛国的罪名被处死。

这一段文字，完全满足了前面所列的关于客观真实的历史学的基本要求。但是，其中肯定远远没有能够囊括关于这一主题我们所能说的一切。在进行这样的叙述时，我们已经对自己手头所能掌握的史实进行了筛选。本来，倘若说历史指的是过去所发生的一切，那么我们原则上所能了解的过去，就只能是过去所发生的如此这般的无数事情当中，留下了踪迹（文字记载、宫室器皿、考古发现等）的那些。我们只能通过踪迹的中介来了解过去。我们可以断定，历史上所发生过的更多的事情，因为没有给我们留下任何踪迹，已经一劳永逸地消失在我们的把握之外了。而我们真正能够认识并且纳入自己的历史知识的，又只是留下了踪迹的那些部分当中极其微小的一部分。因此可以说，历史学无论怎样以追求客观、还原真相自勉，它真正处理的，只能是经过被动和主动的选择而剩下的残缺不全的过去的某个层面。面对这样的情形，人们往往会自我安慰，仿佛凡是真正值得留存下来的东西，都是会留存下来的。大浪淘沙，真金自会被保留下来。可是，真实的情形未必如此。记得叶秀山先生在一篇随笔中提到，前些年新发现和披露的敦煌文物中，有一份出自一个不知名的边关小吏的文书，在叶先生看来，其笔力"不在颜鲁公之下"。只是因为极其偶然的原因，我们今天才有缘得见。只从这样的例子，就可以揣想，有多少要紧的、"值得知道的"过去的某些层面，已经不复能够呈现在我们的眼前。

除了相关史料极其有限的例外情形，在历史研究以及它的最终产品历史文本中，相关的史料，或者说对于相关的史实的记述，必定要经过历史学家的选择，而不可能全盘呈现在人们的面前。可是，是不是真像很多人所认为的那样，尽管选择的因素是历史学无从回避的，但只要每一字每一句，说的都是可以被确立的历史事实，一份历史文本就必定是不管持有什么立场的所有人都必须接受的呢？

继续我们的文本游戏，假定文本（甲）中已经包含了我们关于乔伊斯之死所能说的全部内容，现在，将文本（甲）中的要素（1）（4）（6）（9）（12）编排在一起，我们可以得到一个虽短小却完整的历史叙事：

（乙）按其1933年申请英国护照时的说法，乔伊斯生于爱尔兰。他成了一个法西斯分子，和他比起来，连"吸血鬼"奥斯瓦尔德·莫斯莱都显得太温和了一些。1939年8月，战争爆发前几天，他去了德国，为德国宣传部工作。他是德国首席的对英广播员（因为他说话时爱清嗓子，人称"呵呵勋爵"）。后来他以叛国的罪名被处死。

再将（2）（3）（8）（9）（11）（12）组合在一起，也同样构成了一个有头有尾的完整的叙事文本：

（丙）按乔伊斯受审时的证词，他生于纽约，父亲是入了籍的美国公民。乔伊斯从未正式申请过英国国籍，尽管他一生中大部分时间在英国度过，并被人视为爱国者。1940年9月他加入德国籍。他是德国对英广播的首席播音员,并赢得了"呵呵勋爵"的名声。关于他的某些传奇是战争时期人们神经太过紧张的产物。后来他以叛国的罪名被处死。

除了为文气连贯而在文字上所做的轻微变动之外,(乙)和(丙)两个文本所包含的,都是我们认为可以确立的史实,而且,对这些史实的陈述也避免了任何主观的色彩。然而,这两个针对同一主题的、完全由客观中立的史实陈述所构成的文本之间,却发生了严重的冲突。这大概是读者马上就能强烈地感受到的。只看文本(乙),我们得到的印象是,乔伊斯是一个罪有应得的叛国者;只看文本(丙),我们会觉得,加于乔伊斯的叛国罪名有些可疑,而且,在他身上,罚与罪似乎太不相称。而如果事先有了文本(甲)的印象,恐怕很多人都会觉得,(乙)和(丙)都太过偏颇,让人无法接受。尽管事实上,文本(甲)是否就足够客观中立,恐怕也让人心怀疑虑。

三个文本对照之下,或许我们可以得出几层看法。

首先是,史料或者说历史事实要说话,靠的是历史学家将它们编排为有机的整体。单纯的、互不关联的史料堆积在一起,不过是克罗齐贬义上的"编年"或者中国传统说法的"断烂朝报",并不会就自动呈现出意义来。一系列相关的史料构成一个可理解的、有意义的历史图景,才成其为真正意义上的历史学。单个陈述构成的历史文本,其意义并非从其组成成分就能分析出来的。用大家烂熟于耳的话来说,就历史文本而论,确实是整体大于部分之和。像文本（丙）的情形，其中的每个句子都是中立地表达出来的史实，可是，六个句子构成的文本中，前后事件之间的关联、文本作者的态度（对当事人乔伊斯的同情，甚至为其辩解和叫屈）等这样一些因素明显地出现了，而在六个句子的任何一句当中，都无法找到这些成分。或许可以说，是历史学家让史料说话的，虽然，历史学家说话的时候，并非可以恣意妄为，而是要受到史料的束缚的。在这个例证中，我们可以真切地感受到，史学理论关注的是史实陈述或文本的构成部分，还是关注文本整体，其间的视野和问题意识大不一样。由前者向后者的转移，正是海登·怀特以来史学理论转向的蕴涵之所在。

再就是，通常我们要求于一个历史文本的，是要它传达历史的真实。可是，在上面的例证中，每一个句子、对于史实的每一项陈述都是真的，然而，由真的陈述构成的整体画面，却难免有片面和歪曲的嫌疑。即便（乙）或（丙）两个文本中的每个句子，都是我们能够接受的，然而，这些句子所组成的那个小小的文本整体，却无法同样让人接受。也许，我们可以说，"真""假"这样的标准，对于历史学来说，只能适用于对单个的历史事实的陈述，而无法适用于整体文本（这正好是当代西方史学理论的领军人物、荷兰学者安克斯密特的核心论点之一）。比如，我们可以说（乙）或（丙）中的某个陈述是真的或假的，却无法说（乙）或（丙）相比较，其中一个比另一个更真。然而，我们可以说，（甲）比（乙）或（丙）更恰当、更能让人接受。传统的看法往往将"客观"与"真"相等同。也许，我们可以将其修正为这样的提法:"客观性"在较低(也是最基本)的层面上,要求单个史实陈述的"真";在较高的层面上,要求整个文本的"恰当性"和"可接受性"。

更进一步,文本的"恰当性"或"可接受性",又该如何来界定呢?这样的标准是否意味着退回到主观感受和偏好而失去了约束力呢?这个问题实在太大而又太难。不过,紧贴着上面的文本实例,倒也可以说上几句。对于认定乔伊斯罪有应得的文本(乙),人们完全可以指责它忽略了若干重要的史实,比如说,若干涉及他是否可以以叛国罪论处的事项;对于多少想为其开脱的文本(丙),也同样可以指责它无视若干不应该省略掉的史实,比如说,乔伊斯是以狂热的法西斯分子的身份而在战争前夕跑到德国去的。也就是说,虽然在历史学家针对某一个主题选择史实时,可能有着主观性和自由度,其间也并非就全然没有一定强制性的约束。比如,一部论述英国工业革命的论著,如果忽略了蒸汽机的改良或者英国当时可利用的煤炭资源的特点,大概就是人们难以接受的。换个说法,对于某个主题,若干历史事实所具有的相关性和重要性,人们是可以达成共识的,而一个历史文本(或者说一幅历史构图),如果无法容纳具有较大相关性和重要性的史实,比如说,文本(乙)不能容纳让乔伊斯的叛国罪名变得可疑的史实,人们也就有了不接受它的理由。也许,从这一点出发,在谨慎得多的意义上来讨论历史学的客观性,才是一条可行的途径。

史实一旦发生，就不会再发生改变。倘若史实自身会说话，就真的会有"盖棺论定"这么一回事了。可是，有着太多反面的例证表明没有这回事。正因为如此，人们才需要不断地重写历史。乔伊斯之死，在至今还让人们聚讼纷纭的同时，也给了我们一个机会，来领教历史学文本若干难以捉摸的特性。

还可以再提几句的是，那位将"东京玫瑰"的大名揽在自己一人身上的户粟郁子，是一位生在加州的日裔美国人。她恰好在珍珠港事件之前返回日本，当时很多身在日本的日裔美国人都放弃了美国籍，而户粟郁子始终不愿意这么做。照她自己和她的同情者的说法，她之所以参加对美广播，有诸多被迫无奈的原因。1946年，她以叛国的罪名被判了十年徒刑，并被剥夺了美国国籍。数十年来，始终有人为她鸣不平，称此案为美国历史上最大的冤案之一。她的美国国籍后来得以恢复。2006年，户粟郁子以90岁的高龄离开人世。此时，距离轴心国阵营中的另一位"名嘴""呵呵勋爵"以叛国罪名被处死，已是整整60年。[1]

（原载《读书》2008年第7期）

---

[1] 本文中所引案例出自英国学者戈曼［J. L. Gorman］的《历史学中的客观性和真》一文而有所变化。

被漫画化的后现代史学

一

英国哲学家贝克莱有个著名的（在中国，更准确地说，是臭名昭著的）命题，"存在就是被感知"。当年接受严格的应试教育时，围绕这句话，不知道做了多少遍练习，选择、论述、辨别正误，各种题型全都有，以至于今天一看到这位主教大人的名字，脑子里还会条件反射，弹出"主观唯心主义"的标签来。记得我少年时代的一位老师是这样来解说的：存在就是被感知，就是说，不被感知的就不存在，那我现在闭上眼睛，你们满教室的人就都不在了吗？

面对这样的解说，在深刻领悟到资产阶级唯心主义的反动和荒诞时，也不免心生疑窦，难道这样一个在人类思想史上能够占据一席之地的人物，果真如此荒谬不堪吗？列宁不是说，唯心主义是不结果实的智慧之花吗？照这样的理解，贝克莱这个"集唯心主义之大成"的命题，哪儿还有点智慧之花的气息？

回首再看，心中当然明白，这是被"漫画化"了的贝克莱。贝克莱命题的核心无非是说：一个东西，如果人们无法以直接或者间接的任何手段来感知它，你说它存在还有什么意义呢？其实王阳明那段诗情盎然的"山中花树"的语录——"你未看此花时，此花与汝同归于寂；你既来看此花，则此花颜色一时明白起来，便知此花不在你心外"，说的大致也是同样的意思。这倒真是，东海西海，情理攸同了。

平心而论，虽然学术泡沫、学术腐败、剽窃抄袭等学界丑闻不绝于耳，但如今国内学术研究的整体水准，与二三十年前不可同日而语，对西学的了解和研究更是有了长足进步，就仿佛尽管有了花样不断翻新的吊白块、苏丹红和三聚氰胺，国人的健康水平和平均寿命毕竟还是有了明显提升一样。只是表面上的学术繁荣之中，对某些西学新潮的绍介品评，却常常又有像我当年听到的对贝克莱命题的解释那样，动辄将其漫画化、反常识化的现象。对所谓"后现代史学"的引介，就是这样一个例子。

如果说，20世纪的最后十年，后现代主义的思潮还只是一个徘徊在中国史学界门外的幽灵的话，而今，这个幽灵已经登堂入室了，对国内史学界的理论与实践都产生了不容忽视的冲击。与后现代史学已然形成的声势不太相称的是，中文学界中，不少对于"后现代史学"的理论取径的理解和描述，却在很大程度上将其漫画化和反常识化了。

二

与以往思想文化和学术潮流的其他大变革一样，后现代思潮也极为庞杂，在历史学领域所产生的效应，让人难以用几句话就做出简单的概括。在我看来，在后现代思潮影响下的史学观念的新变化，可以分为广义与狭义两种。

广义上的"后现代史学"，指的是宽泛意义上的后现代思潮在史学界中造成的冲击和产生的效应，或者换句话说，就是身处后现代主义的时代氛围之中，历史学"与时俱进"，观念与方法发生变化。举其要者，如法国思想家利奥塔所总结的后现代境况中"宏大叙事"的终结，动摇了传统以"进步""自由""阶级冲突"为主线的历史学叙述模式；福柯的知识考古学（他后来更愿意用"谱系学"一词）和微观权力分析，突出了历史的非连续性，揭示了权力关系在历史建构中的作用（比如像赵世瑜教授所说，历来对宦官的历史书写，都出自对于宦官有着文化偏见的文人之手）；后殖民主义和女性主义，则把现代学术传统以所谓"白的、男的、死的"（white, male, dead）为中心的特征作为攻击的靶子。这样一些理论倾向对于史学研究的实践所产生的影响，人们已经不陌生了。

狭义上的"后现代史学"，则是指植根于史学内部来进行理论阐发，带有明显的后现代主义立场的史学理论范式。较之前者，它更多的是在历史学内部发生的理论变革。

20世纪西方的史学理论，在第二次世界大战之后，由"思辨的历史哲学"转向"分析的历史哲学"。前者的意图在于，要对全盘的世界历史进程（所谓的"普遍史"）做出一番描述和把握，而后者则将研究焦点转移到了历史认识和历史解释问题。如同黑格尔乃至于职业史家出身的汤因比的普遍史模式遭到了职业史家的普遍拒斥，分析的历史哲学虽然探讨的是历史认识和历史解释问题，却也极少受到史学家们的关注，他们觉得那是和自己的研究实践渺不相关的玄想。那个时期，在史学理论领域权威的英文学术杂志《历史与理论》上，曾经有人做过调查，该杂志九成以上的读者是哲学家而非历史学家。不过，专业的哲学家对于分析的历史哲学这一时期的成就，似乎也不大看得上眼。成就斐然的历史哲学家阿瑟·丹图就曾感慨地说，专业的哲学家们对待历史哲学的态度，就仿佛专业音乐家们对待军乐的态度一样，觉得那是天赋平庸的同行们才会去干的事情。

1973年，美国学者海登·怀特的《元史学：19世纪欧洲的历史想象》（以下简称《元史学》）一书问世，它标志着后现代史学理论的诞生。此后，叙事问题开始取代历史认识和历史解释问题，成为西方史学理论的焦点。叙事主义的历史哲学就是后现代思潮在史学理论领域的主要表现形态。与分析的历史哲学不同的是，叙事主义对于史学实践产生了直接而巨大的影响，即便诸多史家对其后现代倾向或激烈反对，或有所保留，但似乎很难完全忽视它的存在。

叙事主义的要害，在于将研究重心转移到了历史学家工作的对象和最终产品——历史文本——之上。在我看来，或许可以说,"历史学的文本化"就是后现代史理论最显著的特征。简单说,它至少有三层含义值得留意。

第一,历史学家的工作对象是各种各样的史料,这些史料主要是各种文字性的文献,也包括考古发现、宫室器皿等物质性的遗存,它们都可以归为广义上的文本,而且,最终它们都要以语言形式进入史家的研究。而史家最终的工作产品如专著或论文,也都是以语言制品的形式出现的。就此而论,历史学家永远无法真正直接接触到过去本身,而只能借助各种历史文本而对过去有所言说,因而,文本性就是历史学家的全部工作所无法脱离的樊篱。

第二,历史学家不同于自然科学家,没有一套自己的专业语言,他们使用的是"日常有教养的语言"。由于日常语言或自然语言所具有的不透明的特性,历史文本并不能真实地再现过去,它不可能毫无扭曲和不加损益地将历史的本来面目传递给读者。一方面,就像语言哲学所揭示的那样,同样的语词在不同的时代、不同的语境、不同的接受者那里,不会具有完全等同的内涵,想一想"红""革命""同志"这样一些语词在中国近年来语境下语义的变化,在不同的人那里可能会引起的不同联想,我们当不难体会到这一点。另一方面,貌似客观描述某一历史事实的陈述,其实绝不像它表面上看起来那么纯洁和清白。比如说,"1492年哥伦布发现了新大陆",这一陈述貌似在表述一个单纯的历史事实,然而细加分析,情形并非如此简单。至少,这样的表述完全是对美洲大陆的原住民印第安人视若无睹。又比如,

"2008年11月,巴拉克·奥巴马当选为美国历史上首位非裔美国人总统",这也并非一个纯粹自然的、对于某一事实的表述。至少,没有多年来民权运动和反种族歧视运动的努力,"非裔美国人"这样"政治正确"而带有特定意识形态内涵的词语就不会出现。在这样一些表面上纯然以中立客观的姿态来表述的历史事实中,解释的因素已然潜藏其中。

第三,历史学家在将自己的研究写成历史文本时,必然将自身的思维模式、意识形态立场、审美倾向等因素或明或暗地注入其中。历史文本在陈述事实的表象之下,蕴涵了虚构、想象、创造的因素。就此而论,它们具有和文学作品同样的一些品质。在叙事主义的史学理论看来,历史文本的文学特性应该受到充分重视,而文学理论对于理解历史文本大有助益。

三

当今论者谈到后现代史学,常见的一种说法是,后现代史学否认了过去的真实存在,因而也就否认了历史学能够探知过去历史的真相。

人们通常认为,历史学所要研究的就是过去发生的事情。可是,过去的事情本身已经消失、往而不返了,人们之所以还能够对过去有所了解,是因为过往的人和事中,有相当一部分留下了能为我们所发现和解读的痕迹。过去遗存到了现今的文字记载、宫室器皿、考古发现,在在都向我们表明,过去真实不妄地存在过。过去留之于现在的这一切痕迹，在现代史学日益扩展的视野之中，都是历史学解读过去时赖以依凭的史料。

秉持传统立场而对后现代史学大加挞伐的英国史学家埃尔顿认为："历史研究不是研究过去，而是研究过去所存留至今的痕迹。如若人们的所说、所思、所为或所经受的任何东西没有留下痕迹的话，就等于这些事实没有发生过。"从这个意义上说，过去所发生过的一切东西之中，在原则上，只有留下了痕迹的那些部分才是我们有可能了解的。太多的"事如春梦了无痕"的情形，便是我们永远无法以任何方式触知的了。从常识可以推论出的这一思路，正有似于我们开篇时所提到的，"存在就是被感知"的那种内涵。

后现代史学理论在这一点上往前所走的一步，不过是认为，既然语言属性或文本性是历史学所无法离弃的，是各种史料所无法超出的樊篱，历史文本就并非如同透明的玻璃窗一般，可以让我们看到哪怕是片断零碎的历史真相，而只不过是对过去遗留下来的碎片的人为加工和处理而已。新文化史的领军人物之一林恩·亨特说过："对历史学家而言，后现代主义一般来说意味着这样一种观点：历史学家不能洞穿语言给历史事实蒙上的面纱，换言之，历史学家仅能书写文学文本，而非真相。"正是因为这一点，叙事主义在史学理论中引发的变革，才常常被称为"语言的转向"。

可是，否认真相能够被探知，与否认存在着一个过去、存在着真相，并非同一码事。就我所见，再极端的后现代主义者，即便是以断言"文本之外别无他物"而著称的德里达,也并没有否认过去的实在性。对怀特和当前史学理论界的风云人物、荷兰学者安克斯密特(F. Ankersmit)深心服膺而立场更为极端的詹金斯,就这样明确表示过:"……据我所知,没有任何后现代主义者——本内特、安克斯密特、怀特、罗蒂、德里达,甚至鲍德里亚都没有——在他们的论点中否认过去或现在的实际存在。他们无时无刻不把这一点当作'给定'了的东西:的的确确有一个实际的世界'在那儿',而且已经在那儿很长时间了,它有一个过去。……换言之,后现代主义者并非观念论者。……后现代主义并没有假设不存在一个实实在在的过去,然而,却坚定地认为……我们只有通过文本才能抵达实实在在的过去,因而它就是一种'解读'。"可见,后现代史学并不否定过去的真实存在,而只是强调,由于文本性的限制,我们无法直接触知过去;而任何通过文本来对过去有所感知的努力,就都已经注定了要包含主观的、解释的因素在内。

经常有人说,后现代史学抹杀了历史与文学的分别,将历史等同于文学。

强调历史文本具有和文学作品相通的诸多特征,并且引入文学理论来分析历史文本,诚然是可以见诸怀特与安克斯密特等人论著的一大特色。而《蒙塔尤》《马丁·盖尔归来》和《奶酪与蛆虫》等被认为颇具后现代特征的当代史学名著(尽管这几位作者都不大乐意将自己的著作贴上后现代的标签),又的确颇具文学叙事手法,其一波三折的故事情节,辅以娓娓道来的优美文笔，在史学专业之外的公众中极具影响力。于是，在不少人眼里，后现代史学的这一特征，不过是文史不分家的中国传统的现代西洋版本。更有人举例说，在被赞誉为"无韵之离骚"的《史记》中，太史公描写项羽见了秦始皇车队的辉煌阵势，顿生"彼可取而代之"的雄心，这可是没有证人和证据的事情，这样的描述是文学还是历史？可见中国传统早就注意到了文学与历史二者的亲缘关系。于是，后现代史学所揭示的历史与文学的相通，就变成了不过是对中西史学"讲故事"的叙事传统的又一次印证。然则此种"吾国早已有之"的论点，距离叙事主义理论的内涵相去甚远。

怀特的一篇名文，标题就是《作为文学作品的历史文本》。可是他（以及安克斯密特等人）所要强调的文学与历史二者之间的相通点是：一方面，除却审美趣味之外，文学也同样有认识的功能，诗歌以让人陌生的语言组合，小说以对人物、场景、命运的刻画，帮助我们对于现实世界中我们未曾寓目的层面，有更深入的体会和了解，认识的功能是文学和历史所共有的，正如同历史作品常常也有审美的功能一样；另一方面，人们惯常认为，文学依赖于文学家天马行空的想象力，而历史却讲究无征不信，两者之间疆界分明。其实，历史写作在受到史料束缚的同时，史家在安排叙事情节、提供解释模式、赋予自己所关注的历史片断以意义时，想象、创造、建构的因素都发挥了莫大的作用。如若没有这样一些因素，针对同样的论题，面对同样的史料，史家得出的就应该是大致相同的画面了。可实际的情形绝非如此，如怀特在《元史学》中详加分析的例证，同样是描述法国大革命，米什莱和托克维尔却分别提供的是喜剧性和悲剧性的画面。

想象、创造、建构这样一些因素，既出现在文学创作之中，也同样出现在历史文本的写作之中。自兰克以来，现代西方历史学科在其专业规范的形成过程中，反复强调的是对于史料的竭泽而渔的收集网罗和严格精详的批判考订，文学与历史的歧异不断被人提起。怀特等人的论点，模糊了文学与历史的界限，针对的就是这样一番语境。然而，倘若把这种论点看作将文学和历史完全等同，也未免走得太远了一点。

与上面的论调有着密切关联的，就是总有人津津乐道：后现代史学将历史视作虚构，认为历史和小说、历史写作和小说写作并无分别。

这样的说法，大概在很大程度上源自对"虚构"一词的误解，而与"虚构"对应的英文词"fiction"，同时又有小说之意，更是加重了这种误解的趋向。其实此词的内涵，并非纯然就是中文中"向壁虚构"、凭空想象的意思，而更多带有人为创造、想象、建构的蕴涵。法学用语中的"拟制"就是这同一个词的译名，与后现代史学理论中此词的内涵庶几相近。大概后现代史学理论家中，没有人会认为历史与小说全然没有分别，就像没有人会否认存在着一个真实不妄的过去一样。中国学界所熟悉的史景迁的诸多著作，如同《马丁·盖尔归来》等史著一样，从结构到写作手法的确类似于小说。然而，倘若真是摆脱了史料的束缚、脱离了史家家法的限制而径直发挥天马行空的想象力，倘若真是抱持着《三国志》与《三国演义》同样是虚构的姿态，这位像他所景仰的太史公一样注重自身著作文学品质的历史学家，恐怕就无从保住耶鲁的教席，更别说得到担任美国历史学家协会主席一职的荣耀了。

四

任何理论的进步，总是在一定程度上挑战并打破了此前人们习以为常的常识：日心说打破了人们"天似穹庐，笼盖四野"的直观感受，相对论挑战了传统的时空观念。叙事主义史学理论也在很大程度上，改变了人们对于历史学家工作性质的认识，动摇了真实、客观等历史学的传统价值。然而，无论如何，历史学毕竟是一门经验性的学科，离开了它在漫长时期中所积累发展起来的技艺，历史学就没有了存身之地。一种史学理论，只要还言之成理，大概就必须充分地尊重和照顾到历史学家的技艺，不能无视历史学赖以立足的一些基本常识。

社会史名家劳伦斯·斯通就曾提到，后现代史学的诸多因子，如对于史料之暧昧复杂性的认识，其实对于具有自我警醒意识的传统史家而言，并不陌生。研究美国史的权威学者伯纳德·贝林曾经说过，历史学"有时是一门艺术，从来不是一门科学，始终是一门技艺"。我想，海登·怀特大概是很能赞同这样的说法的。他在《元史学》之后，就反复谈到历史学的"技艺性"（craft-like）的那一面，谈到历史学家法对于历史学的不可或缺。他和安克斯密特、凯尔纳等人强调，人们不仅面对现在和未来有选择的自由，而且面对过去时也是有着自由的，因为人们可以按照不同的方式和倾向来编排和理解历史。然而，怀特本人也谈到，此种自由绝非漫无限制。他还引用了马克思的名言说，人们自由地创造历史，但不是随心所欲，而是在给定的条件下来创造的。

真实不妄的过去的存在（即便我们只能通过文本而对它有所领会和把握）、史料的束缚、史家的技艺（如史料的考订、解释方法的恰当性）等等，就是史家所受到的限制。或许可以打个比方，在叙事主义史学理论这里，史家所拥有的自由，是戴着镣铐跳舞而非凌空蹈虚的自由。把后现代史学视作无视这样一些束缚，视作对历史学家技艺的反动，这样一种漫画化和反常识化的理解，难免有厚诬今人之嫌。

对后现代史学和史学理论，要下诸如"片面的深刻""破坏甚于建设"一类似是而非的断论，再容易不过了。这样的论调貌似一针见血，实则隔靴搔痒；看似高屋建瓴，其实不得要领。一种学理，只要不是胡言乱语，即便我们不能同意它的立场，也只有在试图理解其"持论所以不得不如是之苦心孤诣"的基础上，才能有可靠的立足点，来对其加以评判。纯正的唯物主义者不需要动摇自己的信仰，也照样可以认可，"存在就是被感知"在学理上有其能够自圆其说的理路。在根本立场上反对和批判后现代史学理论取向的历史学家，也同样可以对怀特、安克斯密特等人的工作保持充分的尊重，在对其学理进行批判之前，先行具备"同情的理解"。就我所见，在这个方面，以研究德国史而知名的英国史家艾文斯的《捍卫历史》一书，就提供了一个很好的范例。

（原载《书城》2009年10月）

当代欧美史学中的多元化、碎片化与历史综合

当代欧美史学的发展过程中，多元化、多样化的态势，是在不断地发展、不断地加剧的。出现这样的情况有很多原因。史学的多元化发展首先是现代社会的多元化的反映和写照。照欧美左翼学者的说法，以前的历史主要是由白种的、男性的、死了的人写的，反映的是特定人群的视角。那理所当然地，针对西方中心的历史，就该有非西方中心的、后殖民主义的历史；针对男性视角的历史，就会有从女性视角出发的性别史；针对只关注人类活动而忽视了自然的历史，就会有环境史；针对关注精英的、处于优越地位的人的历史，就会有让从前沉默的大多数发声的历史，就会有贱民的历史、少数族裔的历史。如此等等，不一而足。历史学总是现在跟过去之间的对话，置身越来越多元的现实世界中，历史学也会随之变得越来越多元。

再就是，人类知识不断拓展，历史学要接纳来自不同学科的

影响,接纳不同学科内部越来越花样繁多的不同学派和取向的影响。20世纪七八十年代以来,历史学发生的变化和各种"转向"就被不少人解释为,从前历史学家接受的更多是来自社会学、地理学、经济学、政治学、心理学等学科的影响,而在这个时候,历史学转而主要接受人类学的影响。总的说来,当代欧美史学不像100多年前那样,对于接纳来自别的学科的影响是否会危及历史学的自主性充满疑虑,而是更为主动、积极地吸纳来自不同学科的滋养。各个学科以及学科内部的多元的影响,对于造就历史学的多元化局面,也功不可没。各个史学领域的交叉发展,也有助于史学的多元发展。如思想史和观念史领域,在20世纪80年代前后,出现了以英国史家昆廷·斯金纳(Quentin Skinner)为代表的思想史领域的剑桥学派,强调结合各种社会、政治、思想、语言的语境来考察思想观念。德国以莱因哈特·科赛莱克(Reinhart Koselleck)为代表的"概念史"(Begriffsgeschichte/conceptual history)研究,则注重考察诸如"国家""主权""人民"等概念在现代社会的出现及其演变,将概念演化史置于现代社会政治和经济文化变迁中来加以考察,结合了社会史和思想史的研究取向。历史学呈现出多元化的态势,也有很现实的原因,随着高等教育的普及和职业化史学的发展,有一种说法是,正在写作的历史学家比从希罗多德到汤因比加起来还要多。历史学从业者的增多,也是历史学日益走向多元的重要因素。

当前历史学的多元化,还体现在传统的史学研究路数在经历各种"转向"之后,依旧保持着旺盛的生命力。比如,量化史学的方法曾经一度被布罗代尔之后法国年鉴学派的中坚人物勒华拉杜里等人视作历史学唯一可行的发展方向，但量化史学不能满足人们原本过高的期望，反而成了"叙事的复兴"的一个原因（有趣的是，勒华拉杜里本人后来也成了叙事史学的代表性人物）。但这并不意味着量化方法走到了终点。相反，在后来的社会史、经济史乃至书籍史等研究领域中，历史学家们在清晰地认识到量化方法有效性的范围之后，量化方法在史学研究中的运用变得更加复杂精致了。再有，我们前面提到，新文化史成为20世纪80年代以来欧美史学转型的主流，并不意味着相对而言更为"传统"的社会史以及政治史研究不复存在。相反，以历史社会学这一领域为例，美国学者迈克尔·曼（Michael Mann）对于历史上人类社会各种权力类型的研究、对于工业资本主义和民族国家首先出现在欧洲的原因的研究，以及另一位美国学者查尔斯·梯利（Charles Tilly）对于社会运动的研究、对于战争与民族国家兴起之间关系的研究，都是这一领域影响重大的成果。

与多元化相伴随而相比之下颇受人诟病的，则是史学研究的碎片化。19世纪后期，历史学开始成为一门专业化的学科之时，就出现了历史学家对于越来越小的事情知道得越来越多的情形，研究古埃及土地制度的与研究英国工业革命的历史学家，完全可能出现隔行如隔山的情形。但那个时候碎片化不成其为严重的问题，因为人们深信，人类的历史归根结底是一个整体。历史学家们仿佛是在一起要完成一个巨大的拼图，每个人只能够各自在一个微小的角落努力工作，可是历史学家们前后相继的不懈工作，终究能够让我们一睹其全貌。《剑桥世界史》的开拓者、英国历史学家阿克顿勋爵（Lord Acton，1834—1902）称其为终极的历史（the ultimate history）。在欧美史学界，碎片化在过去和现在的含义是不一样的。过去人们普遍相信，历史学的宏观的、整体综合的一极与微观的、高度专业化的另一极，终究能够整合成为一体。但是经历了后现代主义的冲击，这个前提被根本动摇了，碎片化的研究如果不能整合成为有意义的整体，才真正成了问题。在美国史家戴维斯的微观史名著《马丁·盖尔归来》风靡一时的时候，有人对马丁·盖尔变得比马丁·路德还有名而忧心忡忡，正是出于这个原因。

可是，欧美史学这几十年来的发展，在越来越专业化、越来越碎片化的同时，也有朝着另外一个方向的趋势和变化，那就是人们要从整体上观察历史的愿望越来越强烈，也取得了诸多值得重视的成就。这几十年发展起来的全球史，包括所谓的"大历史"，都在做这样一种努力，要从更宏观的角度，从人与自然之间、不同文明之间的相互关联来考察人类整体的历史。比如说美国历史学家克里斯蒂安的"大历史"，把考察历史的时间参照系拉回到了130亿年前的宇宙创生，从宇宙大爆炸开始。他的《时间地图：大历史导论》这本书，花了极大的篇幅来讲宇宙演化。有些历史学家特别是环境史家反对人类中心的历史，但毕竟历史不能没有人，克里斯蒂安的"大历史"，很大一部分成了没有人的历史。但是，一旦把参照系设定得非常宏大，的确会改变我们考察人类历史的视野。克里斯蒂安就提到：假如把整个宇宙130亿年的历史浓缩成13年，可以说，4年半以前才有了太阳系，才有了地球；4年前出现了最初的生命；3星期前恐龙灭绝；50分钟前，智人在非洲进化；然后，5分钟之前出现了农业文明；包括中国文明在内的各个古文明出现在1分钟之前；工业革命发生在6秒钟之前；两秒钟之前发生了第一次世界大战；最后一秒钟之内发生了第二次世界大战、人类登月、信息革命。现代文明的历史与宇宙的、地球的、有生命以来的、人类的，乃至于人类进入文明以来的历史相比，如此的短暂，而又发生了如此之多的惊人变化，的确会让人产生很不一样的感受。

参照系不一样，尺度不一样，人们可能关注到的构成历史过程的要素，也就有很大的不同。传统的历史学所不曾考虑到的或者并不大在意的各种要素，就可能被纳入对整体历史的关照中。大家所熟悉的，从长时段来考察气候对于历史过程的影响，就是一个例证。整体史的一个例证，来自一个完全不属于历史学家之列的学者。美国学者戴蒙德（J. Diamond）在其《枪炮、病菌与钢铁》一书中要解释的是，现在不同的国家、不同的地域、不同的文明，为什么在历史上经历了如此迥异的命运？在他眼中导致人类不同群体的历史进程出现差异的因素，是在传统历史学家的梦想之外的。他强调，不是人种之间的优劣，也不是文化间固有的差别导致现代以来西方占有优势、非洲处于贫困混乱之中。被他放在最为重要的地位的，是那些对于特定文明或民族来说，仿佛是先天的因素，在他那里尤其是指发展起来了不同文明的各个区域的生物禀赋。在他看来，人类文明要发展起来，农业、畜牧业要发展起来，首要的条件是得有适合被驯化的动物或者是植物的品种，比如牛、马、猪、羊、犬等动物，以及大米、小米、小麦、水稻、甘薯等植物。每块大陆具有的物种的禀赋是不一样的，仿佛老天爷的赐予并不平等，有丰厚的，也有很吝啬的。再就是，每块大陆天然的形状不一样，有的跨越的经度很长而纬度相对较短，有的跨越的经度不长而纬度相对较长。亚欧大陆和非洲大陆就分别是这样的情形。物种在相近的纬度上跨经度传播比较容易，而跨越较大的纬度的传播则比较困难。照这个思路，亚欧大陆和非洲大陆的不同命运，在很大程度上就可以从生态学和地理学的因素来加以解释。不管我们对这样一些论点持有什么不同的看法，一方面我们在感慨历史学的碎片化，但是另一方面，近年来又有诸多的论著，表明人们依旧企图对宏观而广泛的历史进程，达成有效的理解。

有关碎片化的问题，我们需要从不同的角度来考虑。一方面，成功的个案研究，如同戴维斯和另一位微观史的代表人物、意大利史家金兹堡的研究，在一个个小的个案里面，会触及那个时候的司法制度、社会观念、婚姻制度、财产关系等等。这些研究的入口确实很小，如果作者没有更广泛的兴趣、更宽阔的视野、更宏大的眼界，所能写就的就只不过是一桩逸闻趣事。而出色的微观史著作，的确做到了像是英国诗人布莱克所说的那样，从一粒沙中见出整个世界。所以专业的、细致的研究，并不见得容不下一个宏大的视野。另一方面，历史学家的工作终究还是要考虑到，如何把宏观和微观两个层面的研究结合起来的问题，如同英国史家彼得·伯克所说："或许历史学家要像物理学家那样学会与别样的而显然不相容的概念共存，微观史家的粒子要与宏观史家的长波共存。在历史学中，我们还没能像玻尔那样将互补变成美德。无论这种情形是否能够发生，我们至少应该像某些历史学家、社会学家和人类学家所一直在做的那样去追问自己，是否有可能将微观社会的与宏观社会的、经验与结构、面对面的关系与社会系统，或者地方的与全球的联结起来。倘若这个问题没有得到郑重其事的对待，微观史学就会成为一种逃避主义，接纳了碎片化的世界而不是让它变得有意义。"

　　真正的历史综合要展现整体的历史视野，它不可能是工笔画，而只能是写意画。写意画可以是万里江河图，展示的是极其宏观的格局，工笔画则要把每个细部都画得极其的细致。写意画和工笔画之间的关系，不会是工笔画总能够作为哪怕再细小的局部而被整合到写意画中。可是，人们对于宏观的全球史、整体史和历史综合，总是期待着，它虽然未必能够囊括万物，其视野和解释框架却应该在足够宏阔的同时，而又能够包容广大。就仿佛万里江河图必定无法穷尽每一朵浪花，但峡谷湍流、水势巨变，却总是可以在其中找到自己的位置。历史综合与碎片化这两者之间，既不是后者的累积会自动达到前者，也不是前者终归可以涵盖后者。但无论如何，不能简单地把二者对立起来。

（原载《光明日报》2016年1月23日）

什么是历史：20世纪西方史学理论的几个片段

如同所有别的学科一样，历史学的发展，经常需要历史学家和史学理论家们不断地对自身的学科前提进行反思。"什么是历史"这一问题，因而就历久弥新。它涉及历史学的学科性质、历史学的研究对象、历史学家与他所研究的历史之间的关系等诸多方面。在我看来，通过对20世纪西方史学理论的发展轨迹的考察，可以将对这一问题的追索和解答，归结成三种路向，它们分别是重构论、建构论和解构论的历史观。

一 重构论的历史观

我们大家都熟悉这样的说法：在欧洲，相比于18世纪，19世纪是一个历史的世纪。启蒙运动的反动，带来了历史意识的萌生和发展。历史学得到长足发展，逐步走向专业化，成为一门现代学科。这是历史学从19世纪领受来的一笔重要遗产。

这笔遗产中，一个核心的成分，是认为历史学要以求真、以重建和还原历史的本来面目、以达到客观性为自己的目标。这就是后来美国史学家比尔德所说的，历史学家们的"那个高贵的梦想"。可以说，这也就是我们所谓的"重构论"的历史观。奠定历史学专业化规范的兰克，本身固然是一个思想面相很复杂的人物，但他留给后世历史学家的印象，最深刻的还是他那句"如实直书"的名言。

20世纪初期，实证主义风靡之时，有的历史学家认为，历史学终究可以像自然科学那样，发现属于自身的规律。不少历史学家否认历史中存在着类似于自然科学领域中的规律，但他们也认为，在求真这一目标和达到真实客观的能力上，历史学与自然科学并无分别。因此，就有了伯里的名言："历史学就是科学，不多也不少。"

历史学要实现那个"高贵的梦想"，要达到客观性，跻身科学之列，需要两个条件。一个条件是，对史料的竭泽而渔的收集和严格精详的考订。历史学研究的对象不同于别的学科，物理学可以直接观察物体的运动，化学可以通过实验观察分子和原子的状态。历史学所研究的过去人类的活动，已经一劳永逸地消失、往而不返了。可是，人类的活动留下了各种各样的史料，史料中包含了人类过往的信息，包含了丰富的历史事实。收集和考订史料，可以帮助我们确立过去的事实。过去的事实不断积累，就会自然而然地将它们相互之间的关联、将历史过程的模式和意义呈现出来。另一个条件是，历史学家在从事研究和写作时，需要排除自己的主观因素，不将自己民族的、政治的、个人爱好的偏向掺杂进去，他必须尽可能地客观、中立，不偏不倚。

这样两个条件的集合，仿佛就可以成就历史学的客观性。兰克说过，他写的宗教改革的历史，要让新教徒和天主教徒都能接受。后来主持《剑桥世界史》的阿克顿勋爵也要求，滑铁卢战役的写作，要让法国人、德国人、荷兰人都满意。历史学家像一面虚己以待的镜子，清晰地反映史料中所呈现的事实，就成了历史学家工作的一幅完美的图景。也正因此，从19世纪末到20世纪中期，持有类似信念的历史学家中，颇有人怀着几分自得，再加上几分失落地表示：在有的研究领域，史料已经收罗齐备，研究已经足够深入，历史学家的诸般技艺已经使用殆尽，后人再也无事可做了。这就有了阿克顿的"终极的历史"的说法，大概的意思是，每个历史学家的工作完全可能与别人隔行如隔山，你研究古希腊的货币，他研究希特勒的战争决策，但归根结底，大家研究成果的积累，都在指向揭示人类全部文明在过去的真实面貌的"终极的历史"。

重构论的历史观有着如下几点蕴涵：历史事实蕴藏在史料之中，不偏不倚而又具有足够技艺的历史学家能够将它揭示出来；历史事实的积累自然就会呈现出过去的本来面貌和意义；人类有着一个单一的、统一的过去。

于是，我们可以看到，一方面，不管有没有明确而自觉的意识，历史学家们相信"宏大叙事"，相信过往人类的历史终归是按照某一线索发展而来的统一体，不管这一线索能否被人们认识到；另一方面，是历史学家工作的日益专业化，学院派的历史学家和其他学科的专家一样，变得对越来越小的事情知道得越来越多。这样两个方面的情形，奇妙地结合在了一起。"兰克虔诚地相信，如果他自己照管着事实，老天爷就会照管着历史的意义"，卡尔对兰克的这一番讥评，正是此种情形的传神写照。

二　建构论的历史观

常识上，我们可以把历史分为三个不同的层面：真实发生的历史、史料中的历史、历史学家所写就的历史。在重构论的历史观看来，历史学家通过研究史料而得出的结果，最终就会展现出真实历史的面貌，三个层面的历史之间，并没有不可逾越的屏障和无法克服的隔阂。问题在于，这三者之间是否有所分离，而不像重构论所设想的那样融洽无间呢？

历史学研究的是什么？大概许多人都会不假思索地回答：过去。可是，照英国史学家埃尔顿的说法，"历史研究不是研究过去，而是研究过去所存留至今的痕迹。如若人们的所说、所思、所为或所经受的任何东西没有留下痕迹的话，就等于这些事实没有发生过"。古诗中说"事如春梦了无痕"，倘若过去发生的某一桩事情没有留下痕迹，我们对它就无从追索了。重构论认为历史学要还原过去的本来面目，但大概没有人会天真到认为，人们可以分毫不差地还原过去。只是，人们往往会不自觉地认定，凡是真正重要的、有价值的过去的那些片段，总是会留下让我们的研究可以凭借的痕迹。

可是，情形真是如此吗？我们来举几个例子。墓葬是我们研究古代历史的重要材料，而能够在墓葬中保留大量反映当时制度、文化等因素的墓主，只是社会中处于优势的极少数人，就"沉默的大多数"而言，我们往往缺乏足够的凭借，来推断和他们相关的情况。在座的清史所的同学都知道，数量多达八千麻袋的明清内阁档案，清末时已被醇亲王下令销毁，若非罗振玉、陈垣等人的努力，恐怕早已化为纸浆。这些档案对于明清史研究的重要性，不言而喻。史料的形成和流传保存，都有太多的制约因素和偶然性。我们知道，很多重要的东西留存下来，实在是非常侥幸的事情。我们可以同样推断的是，还有太多重要的东西没有留存下来，以至于我们连它们的重要性何在都无法追寻了。倘若有关过去，我们有着太多的欠缺，对于"重建过去本来面目"的说法，似乎就需要加上更加严格的限制了。

除了形成和留存的偶然性之外，史料是否像一块玻璃板，能够让我们清晰地透视过去呢？史料是人们制造出来的，它不可避免地会带上特定的视角，受到各种各样的限制。卡尔就说过，我们关于古希腊的了解是有欠缺的，主要的原因在于，对于那个时期希腊的叙述是由雅典的一小部分人所做出的。斯巴达人、波斯人、雅典没有公民权的那些人对于希腊是怎么看的，我们无从得知。"我们看到的这幅图景是预先为我们选择好、决定好了的。"史料的偏向性和偏狭性，注定了它虽然未必不能让我们看到过去，却注定了我们透视史料而得到的图景，难免是在不同程度上被扭曲的和模糊不清的。

重构论认为，事实就摆在那儿，等着历史学家去发现；事实本身就会说话，就会表明这样那样的真理。卡尔的说法却是，事实本身不会说话，是历史学家让事实说话。我们可以说，历史学家有着他的关切，有着他自身的问题意识，他的这些主观因素投射到过去的某些侧面，才让在幽暗深处的某些事实凸显出来。"一切历史都是当代史"，克罗齐的这个命题，是大家耳熟能详的。其中的一个内涵就是，历史学家总是从当前生活出发、从自己的关切出发，将眼光投向过去的。我们今天会讨论诸如此类的问题：曹雪芹的生平究竟是什么样的？贝多芬的早期和晚期，钢琴生产技术的变化是否和怎样影响了他的创作？但是我们大概不会讨论这样的问题：1872年，北京城内第一个寿终正寝的人是谁？虽然这后一个问题，原则上是完全能够成立并可能得到解决的。我们会提出前面那样的问题，是因为我们今天还在读《红楼梦》，还在听贝多芬，还在被他们的艺术世界所打动。我们不会提后面那样的问题，是因为它没有引起我们关切的因素。

历史学家不是消极地反映过去，而是从特定的视角出发，处理具有复杂暧昧性质的史料，建构出一幅幅有关过去的图景。卡尔在他的名作《历史是什么？》中，得出的答案就是："历史是历史学家跟他的事实之间相互作用的连续不断的过程，是现在跟过去之间的永无止境的问答交谈。"史家与史料和事实之间的关系，就并非重构论所设想的那样，前者消极地反映和呈现后者，而是双方的交互作用。克罗齐的"一切历史都是当代史"、柯林伍德的"一切历史都是思想史"就都强调,历史学家要以自己的精神去"重演""重现""重新复活"历史人物的思想和精神世界,才能真切地把握过去。

第二次世界大战之后,历史学出现了社会科学化的趋势。社会科学化史学的发展至今未衰,只是远不像它风头最劲的时候那样具有排他性了。在不少受到社会科学影响的历史学家看来,没有社会理论的观照和概念化工具的介入,人们就无从真正了解过去。可以说,这种思路也着眼于强调,特定视角的介入,是人们把握过往历史的不二法门。

我们现在可以总结说,建构论的历史观的要点在于,历史学家必须从特定的视角出发,以自己的精神体验、理论观照、概念工具来介入历史研究,建构自身的历史图景。与重构论对主观性戒备森严形成鲜明对比的是,历史学家的理论装备、思想高度、移情体验的能力等主观因素,非但不是警惕防范的对象,反而构成了历史研究的要素。建构论与重构论之间的分别在于:前者是从某种视角出发,在证据的基础上建立历史构图,这样的构图是史料与历史学家主体交互作用的产物;后者则认为,历史学家的工作,是让事实自动呈现出它原本就是的模样和原本就具备的意义模式。

三　解构论的历史观

我这里所说的解构论的历史观,实际上就是后现代主义的历史观，因为，后现代主义史学把历史和历史学"解构"成了纯粹的文本。

后现代主义思潮对于历史学和史学理论，产生了广泛而深远的影响。海登·怀特可说是后现代主义史学理论家中的领军人物。我们先来看看怀特的这种说法：历史学乃是一种"言辞的结构，其内容在同等程度上既是被**发现**的，又是被**发明**的"。这话的前半截儿，说的是历史学家的工作所产生的成品，也即历史学的著作和论文等，是历史文本，是一种语言制品；后半截儿说这种语言制品的内容中有被发现的成分，也有被发明的成分。"被发现的成分"很好理解，历史学讲求的是无征不信，无一字一句无来历，历史文本中这样的成分是被发现的，从史料、档案中发现出来。"被发明的成分"指的是什么？难道是说历史文本中也有无中生有、编造出来的成分吗？当然不是。一份历史文本，纵然其中字字句句都有史料的依据，都以客观中立的姿态出现，但正常情况下，历史学家在面对一个主题进行研究，并形成自己的历史文本时，他总是在自己所可能使用的与这一主题相关的史料中，选取其中一部分，并舍弃另外的（往往是更多的）部分，来构成自己的历史图景；他总是要赋予其中所蕴涵的某些事实更重要的地位，而将另一些置于较为边缘的位置；他总是会给自己所建立的历史图景选定一个起点，确定一个终点；如此等等，不一而足。这些选择、编排、加工、定型的成分，正是"发明"一词所要表达的意思。

我们看到，怀特对历史学的关注，集中在了历史文本的特性之上。在我看来，解构论的历史观以及广义上的后现代主义史学的特征，就是将历史学文本化了。所谓的文本化，至少有着以下两点蕴涵：

第一，历史学家的工作对象是各种各样的史料，这些史料主要是各种文字性的文献，也包括考古发现、宫室器皿等物质性的遗存，它们都可以归为广义上的文本，而且，最终它们都要以语言形式进入史家的研究。而史家最终的工作产品如专著或论文，也都是以语言制品的形式出现的。就此而论，历史学家永远无法真正地直接接触到过去本身，而只能借助各种历史文本而对过去有所言说，因而，文本性就是历史学家的全部工作所无法脱离的樊篱。历史学家无法超出文本性的束缚，就如同人无法走出自己的皮肤。这并不意味着，解构论者就必定会否认曾经有过真实不妄的过去，但他们所强调的重点在于，历史学家无从直接接触到过去，也无法以一个真实的过去来与各种历史图景进行比较，从而确定后者的真伪优劣。

第二，历史学家不同于自然科学家，没有一套自己的专业语言。用怀特的说法，可以说，他们使用的是"日常有教养的语言"。由于日常语言或自然语言所具有的不透明的特性，历史文本并不能真实地再现过去，它不可能毫无扭曲和不加损益地将历史的本来面目传递给读者。历史学家在将自己的研究写成历史文本时，必然将自身的思维模式、意识形态立场、审美倾向等因素，或明或暗地注入其中。历史文本在陈述事实的表象之下，蕴涵了选择、想象、创造的因素。这一点，正是怀特奠定后现代主义史学理论基础的《元史学》一书所要论证的论点。

历史学的文本化走到极端，就不难得出怀特的弟子、史学理论家汉斯·凯尔纳如下的结论："历史就是人们写作并称之为历史的书籍。"

四　几种说法和几点认识

在澄清了重构论、建构论和解构论的历史观的基本思路之后，我们先来看看当代几位著名史学家的几段话，并略做分析。

先来看看意大利史学家卡罗·金兹堡的说法："当然，历史的书写是一种'建构'。我们将那些经过长时间代代相传留下的碎片过往兜拢在一起，就是为了建立一幅过去可信的图像，但这幅图像却同样是'重构'。就是这种内在张力——这两种原则之间难以驾驭且通常难以预测的互动——赋予历史研究独特的性质。"金兹堡又说过，文学形式是将历史学家工作与史料隔离开来的一种过滤机制。前一番话，金兹堡的意思是，建构和重构二者之间并非截然对立，而是既有张力又有互动；后一番话，则与怀特的思路颇为相通。这个例证表明，一方面，重构、建构、解构三者之间有着内在的、并不见得截然分离的关系；另一方面，我们以上就20世纪西方史学观念发展轨迹所总结出来的三种历史观，虽然大致说来，其出现和发展有着前后相继的历史脉络，却也可以作为马克斯·韦伯意义上的"理想类型"来看。某一个具体的史学家和理论家的立场，未必就严格地符合其中的某一类，但这些范畴，却可以帮助我们有效把握各种考虑"什么是历史"这一问题的思路。

再就是美国史学家罗伯特·达恩顿（Robert Darnton）的例子。关于事实，达恩顿在不同的场合说过不同的话。他说过，所有的历史学家都应该有一段时间，学习为报纸报道抢劫、凶杀、强奸等事件，目的只有一个，必须把事实搞对。他的言下之意，是提醒历史学家们必须注意到，自己的研究要受到历史实在的制约。但在别的场合，他又说，所谓的事实，在相当程度上只能是"呈现"，"你在报纸上看到的并不是实际发生的事情，而是对于发生的事情的报道"。出自同一个人的这两段话，未必相互矛盾。达恩顿所表达的意思，一方面，是文本并非对于事实的直接而透明的反映；另一方面，则是事实对于文本的制约和束缚不容忽视。

最后是美国史权威学者伯纳德·贝林在谈论历史学性质时的一段隽语。他说，历史学"有时是一门艺术，从来不是一门科学，始终是一门技艺"。历史学在其长时期的发展进程中所积累起来的学术规范，史料对于史家的束缚，各种帮助史家收集、考订史料的技能，历史学家建立自身历史图景时所展示出来的巧思，这一切乃是历史学的立身之本。贝林所强调的，正是历史学作为"技艺"的特性之所在。

从前面的分析和引证，我们可以得出几点简单的认识。首先，历史学是一门经验性的学科，但如同任何别的学科，它需要对自身的前提预设不断进行自觉的理论反省。其次，历史学对于自己的学科边界，有必要保持足够的警醒与谦卑，历史学家工作的性质是什么，历史学能够和不能够做到的事情是什么，这样一些问题是历史学家所不能回避而需要加以思考的。第三，历史学家只能通过文本才间接地接触到过去，但真实不妄的过去对于史家的制约和束缚，却不断通过史料展现出来。在出现无可辩驳的史料对于自身历史构图造成质疑或颠覆的情况时，一个合格的历史学家必须勇于放弃自己的预设，这是史学研究实践中最常见不过的情形。这就表明，无论如何，过去的实在并未因为历史学的文本性而丧失其效用和意义。最后，历史学长期以来所形成的学科规范、历史学家的技艺，乃是其生命力和合法性的来源。

（原载《文汇报》2011年4月4日，《文汇学人》栏目，本文系在中国人民大学的讲演整理稿）

当代西方史学的几点观察

主讲人：彭刚（清华大学教授）
主持人：陈恒（上海师范大学教授）
点　评：岳秀坤（首都师范大学教授）
时　间：2015年6月29日
地　点：上海师范大学徐汇校区文苑楼1405室

陈恒：今天我们非常高兴邀请到了两位做史学史、史学理论的专家给我们做讲座，彭刚教授、岳秀坤教授，我们每年都见面，我从他们身上也学习了很多的东西。他们两位我就不多介绍了，大家都知道、读过他们的书，尤其是彭刚教授，本科在北大读法学，硕士在清华读历史学，博士毕业于中国社科院的哲学专业。他的跨界跨得非常广泛，所以从他的演讲中我们也可以体会到他的眼光之敏锐，他能抓到很多重点和空白点。大家可以通过这个讲座了解一下西方史学理论最新的前沿动态，另外一方面也可以学到一点学习方法。讲座结束后，我们请岳秀坤老师点评，再接下来是一个互动的环节。首先有请彭刚教授。

彭刚： 感谢大家在学期快要结束的时候，来一起做一些有关当代西方史学的探讨。这个讲题很大，我自己也没讲过这么宽泛、似乎无所不包、怎么讲都不会越界的一个话题。之所以要讲讲自己对当代西方史学的一些印象、观感，很大程度上是过去的这些年，尤其是最近一年多，我自己的阅读主要集中在20世纪的西方史学上。原因主要是在陈恒教授的主持下，我参加了《外国史学史》教材的编写工作，我负责其中20世纪的部分。

前一段，我很惭愧地发现自己成了拖稿拖到最后的一个，所以我在赶快写。但是我给陈恒教授也做了一个解释。我说首先很抱歉，我会尽快地写出来，不要拖大家的后腿；其次我要为自己勉强做一番辩解：我承担的是20世纪史学的部分，可现在正在写作的历史学家，超过了从希罗多德到汤因比的总和，我要处理的人头比前面所有人处理的人头加起来都多，所以我碰到了巨大的麻烦。在企图来解决这个巨大的麻烦的时候，当然要看不少一手的著作、间接的研究、别人的评论等等，所以逐渐也有了一些初步的看法，但还没有来得及系统地考虑。所以我今天提供的，实际上是一个非常不成熟的讨论。对于这个很大的话题，我想从这么几个具体一点的侧面来展开讨论，首先是想讲一讲史学研究中的理论自觉、理论意识和经验的历史研究的关系；其次，现在大家都在讲历史学不断地碎片化，所以我再接着讲一下，在当代史学的发展当中,碎片化意味着什么,对历史的综合和碎片化的关系谈一下自己的看法;最后一个层面的问题,实际上和前面的内容也紧密相关,那就是当代史学的多元化发展意味着什么?

一

先讲讲历史学这门学科中理论和研究的关系。历史学是要依赖过往人们的活动所留存下来的痕迹来研究过去的,它注重史料,注重人类现实的生活经验,是一门经验性的学科。历史学历来是各门学术性的学科当中,最具有反理论的倾向乃至于本能的。这种情况已经有了很大的改变,可是在某种程度上或者说从某些侧面来看,它仍然是根深蒂固的。昨天我跟岳老师聊天时还提到一个例子:好些年前在一个讨论余英时先生的一本新著的场合,一位我很敬重的学者评论说,余先生在这本书里充分展现了一个历史学家的想象力,然后他对此有一番很漂亮的解说。可后来一位在本领域也很出色的学者一上来就说,我是做政治史和制度史的,从来都是看材料,有一分材料说一分话,我从来不会想,也不知道历史学家要有什么想象力。这样的情形,在中国史学界,我们随处都可能看到。它从一个侧面反映了我们这个学科的很多从业者对历史学研究活动的基本看法:一个历史学者要接受基本的训练,他要朝着某一个主题不断地收集爬梳史料,形成自己的基本论点,再以有条理的方式把它呈现出来。我也不止一次听前辈学者教导说,我们这一行是要干吗呢?就是要坐冷板凳，吃冷猪肉。你要上穷碧落下黄泉，动手动脚找材料，将相关史料"竭泽而渔"。不断地收集、考订和阅读史料，最后自然而然就会出论点，出成果。刚才提到的那位学者的说法，就非常典型地反映了这么一种心态：历史学是一门经验性的学科，它是靠材料说话的，你不要给我拿理论和概念说事，也不要给我谈什么想象力，这些东西和纯正的历史学家法无关。

如果你参加一个哲学学科的会议，可能会看到那个学科的学者们，似乎会对将自己的眼光局限在史料上的历史学颇为鄙视；可是如果你身处一群完全是历史学者的场所，你就会发现他们经常嘲笑某个人说，这个人老谈理论，不像是学历史的，他应该去哲学系。双方都对自己满怀自信的同时，还都明显表现出自身在学科上的优越感，这是一个非常奇怪的现象。实际上，我想，尤其是在20世纪西方史学的发展中，具有创造性的历史研究领域的成就，都无法脱离理论素养、理论自觉和理论意识这些要素。如果要用大家现在都习惯用的语式，你甚至可以说，"无理论，不史学"。在什么意义上说这个话呢？我们可以先看看，对于历史学来说理论意味着什么。"历史"（history）这个词，我们都知道，无论在中文和西文里面它都有两重含义。简单说来，一重是指过去人类的经历，相当于我们通常所说的客观的历史过程，或者说，就相当于常识上所说的"过去"。那么，我们是如何知晓这个过去的呢？我们通过收集、整理、考订过往留下来的史料，来重建、描述、勾勒出人类过去的活动的某一个片段或者某一个面相。后一种情形所对应的就是第二重含义上的历史。可以说，第一重含义上的就是客观的历史，第二重含义上的就是历史学，就是历史学家所做的工作。相对于历史的这两重含义，有些人，比如何兆武先生在有的场合，就严格地区分了历史理论和史学理论。什么叫历史理论？它的理论考察的对象是整个人类的历史过程，比如说，黑格尔有一套理论来告诉你从希腊罗马到他那个时代的日耳曼，再一直到将来，人类的历史过程是依照什么样的轨迹来发展和变化的，它的内在动力是什么，它的发展机制是什么，它的演进目标又是什么；又比如，汤因比和斯宾格勒也各有一套模式，来说明人类不同文明的此消彼长，以及各个文明的兴盛和衰落，是遵循着什么样的方式来发生的。

针对第二重含义上的"历史"（也即史学）来进行理论反思的，就是史学理论。史学理论是什么？文学理论要考察文学的特性是什么，文学创作的本质是什么，我们从文学当中获得愉悦或者说别的收获是因为什么，在读解文学作品的时候发生了什么，作品的原意和读者的理解之间是什么样的关系，等等。文学理论会考察这一系列的问题。史学理论也要对历史学这个学科本身来进行考察：历史学家的工作意味着什么，史料的特性究竟是什么，人们凭借过往所留存的史料来企图领会和把握过去的某个面相时，有哪些因素介入了历史学家的精神活动之中……史学理论考察的是这些问题。可以说，历史理论和史学理论两者考察的对象很不一样。

这样的区分当然很有根据，也很有用。可是，这样的区分，你要用马克斯·韦伯的术语来说，是一种理想类型，它不一定完全适用于现实的各种各样的理论。比如，我们在座的肯定都很熟悉的，年鉴学派的尤其是经布罗代尔发展成熟而又得到系统阐述的理论。可以说整个20世纪的西方史学，没有其他哪个学派的影响力和创造力能够与年鉴学派相比拟，而这个学派的比较完整成熟的理论阐述是在布罗代尔手上完成的，最能体现这些理论取向和理论立场的经典研究也是在他手上完成的。我印象很深刻的是，岳老师主持的北大出版社的一套书里面，有彼得·伯克有关年鉴学派史学的一本专著《法国史学革命》。其中谈到他访谈布罗代尔本人，布罗代尔告诉他说：我唯一的问题、我面临的最大的问题就是如何思考时间。布罗代尔的前辈、年鉴学派第一代的两位创始人之一的布洛赫就已经说过，历史学是研究时间中的人类的科学。历史学当然注重时间，可是布罗代尔为什么说他面临的最大的问题是时间？因为他把从来是一元的、只有一个单一性质的时间，分解成了多元的、不同层次的时间。我们都知道，他把人类的历史活动看作是沿着三个不同的时间层面来展开的。长时段指的是什么？几乎是静止而变化极为缓慢的地理条件、气候条件、生物条件，还包括漫长的时间内不大发生变化或者发生的变化缓慢得让人难以察觉的人的心理的积淀，或者说人的思维的模式，或者说某种文化心理的顽固格局。长时段的因素，被认为是对人类历史的整个进程和形态起着决定性作用的东西。然后是中时段。相对于与长时段相关联的结构，与中时段相对应的是局势。局势指的是什么？以25年、50年为周期而发生变化的一些东西，比如说价格的周期性变化，比如说人口模式的变化，等等。

中时段的因素，相比于长时段来说不是决定性的，但是它直接地影响了人类的生活。而和短时段联系在一起的事件，指的就是传统的历史学中最为注重的铁马金戈的战争、波澜壮阔的革命、纵横捭阖的外交内政、戏剧性的伟人生涯等等。无论是中国学者还是西方，各种各样的传统的史学所最注重的历史事件、重要人物在过往的戏剧性的经历，反倒被年鉴学派发配到了一个极为次要的地位。

布罗代尔虽然在他比较早的著作，比如说那本《地中海与菲利普二世时代的地中海世界》里头，还用了相当大的篇幅来描述事件，可是他后来的著作里面基本不再涉及事件了。如果大家读刘北成老师译的那本布罗代尔的《论历史》，会看到他很多类似的描述。比如说，布罗代尔曾经有很长一段时间在巴西工作，晚上在巴西某个地方的户外看萤火虫的灯火表演。萤火虫飞过来，飞过去，不断发出亮光，然后马上又熄灭了。布罗代尔是怎么说的呢？他说，你要了解整个历史过程的时候，事件就像是萤火虫的闪光一样，稍纵即逝，这亮光引人注目，可是它完全无助于你来了解处于幽暗之中的整个过去。我们也可以换一个比喻：水流表面的泡沫，似乎很喧嚣热闹，仿佛标示了河流前进的方向和速度，可是真正决定着整个水流的基本特性的是什么？是它的河床，是更下面的深流。年鉴学派的这样一种理论，你说它是历史理论和史学理论两者当中的哪一种？我们好像很难把它清晰地对应上。可是你说它包不包含和黑格尔、汤因比，乃至和马克思相近的那些层面？当然有。对于历史过程中什么样的因素才最为重要，历史演进的动力机制究竟是什么，它有这样一些非常宏观的看法，虽然其中并不带有任何像是汤因比、黑格尔那样的目的论的因素。但是，另外一个方面，这样一种历史理论又有极强的可操作性，它完全能够落实到布罗代尔本人所带头践行的年鉴学派的史学研究当中。我们看布罗代尔的著作，看受他影响的很多人的著作，都会看到这种层次分明的三分法。整个历史分为三个层面，不同的层面所关注的是哪些因素，不同层面的因素在整个历史架构里面具有什么样的地位和作用，研究和写作的路数都很清晰。年鉴学派的史学实践和它自觉的理论建构是非常紧密地联系在一起的。它必须有它的理论建构，才能够有其影响巨大的史学研究的成就。

年鉴学派的最初兴起，可以追溯到20世纪初期遍及欧美的新史学浪潮。19世纪德国的兰克学派，成了后来欧洲各国竞相效法的历史学的研究和写作的模式。尽可能地利用尤其是官方第一手的档案材料，高度关注历史人物和事件，以政治、外交、军事为中心来理解人类过往的经历，是这一路数最显著的特点。可以说，这是19世纪后期历史学成为一门职业化的学科以来，从德国那里得到的最大的一笔遗产和传统。可是20世纪初期，这样一种传统遭到了普遍的质疑，为什么？新史学的倡议者们认为：一方面我们考察历史的范围应该更广泛，应该包含人类生活的方方面面，单纯的政治、外交、军事不足以涵盖人类的过去；另一个方面，其他的学科尤其是各种社会科学发展起来了，我们应该对历史现象进行多学科的综合性的研究。100年前的这场新潮流中，和我们这里的论题最相关的一点是什么呢？那就是年鉴学派第一代的费弗尔和布洛赫都提出，要以问题史学来取代叙述史学。我们都熟悉"文史不分家"这样一句老话。中国的传统史学基本上是一种讲故事的、叙述的史学，西方的历史学一直到19世纪大体上也是一种讲故事的、叙述的史学。随着20世纪初那一场遍及欧美的新史学运动而出现的年鉴学派，在其诞生之初，他们提出来的史学革新的一个非常重要的方面，就是要以问题史学来取代叙述史学。问题史学、叙述史学这样的说法，直到现在为止人们还经常使用。因为到了20世纪七八十年代，有所谓的叙述的复兴。什么叫作叙述的复兴或者叙事的复兴？讲故事的、叙述的历史写作方式在一度沉寂之后，又活过来了。但是叙述的复兴和问题史学是什么样的关系？是不是说叙述史学就只要讲故事？比如说我们讲述了楚汉相争这样一个格局是怎么形成的，然后我再告诉你，有这么一场鸿门宴，然后有垓下之围，然后有霸王别姬，我给你讲故事。为什么要提出"问题史学"这样一个概念？如果你认同年鉴学派的基本观念，你就会知道，叙述史学讲的故事，只涉及事件，而事件对于整个人类历史过程、对于你想要有效地理解人类过往的经历来说无关宏旨。我们需要的是以分析的方式，了解形成过往历史过程的各种复杂而交互作用的因素，并且判定不同的因素具有什么不同档次的重要性。要做到这一点，历史学就应该是一个提问题然后想办法来回答问题的学科。

也就是说，在年鉴学派的第一代和第二代那里，问题史学是对原来的讲故事的历史学的一种反弹，强调的是问题导向。这就让我们回到了刚才的论题。历史学研究中，问题从哪儿来，问题怎么解决？你必须有足够的理论意识，你必须有足够的理论自觉才能够提出有效的问题。我们经常听到这样的说法：历史学和许多学科一样，最杰出的研究者都是最善于提问的研究者。你怎么来提出有价值的问题，你怎么来了解哪些问题是可以解决的，哪些问题可能是无法解决的呢？当代的科学哲学、认知心理学甚至科学史研究都会谈到，任何认知实际上都是带着各种预设来进行的。我们观察一个自然现象时，在很大程度上，你只能够看到你想看到的东西。比如说，我相信我们在座的耳朵都很灵敏，现在我提醒大家一下，空调在响，刚才我们有没有人听得到它的声音？听不到。我们的视觉、我们的听觉、我们的观察，实际上自觉不自觉地会屏蔽掉很多东西，它永远不会是完全不加分辨、全方位地接纳外在信息的。历史学家固然要坐冷板凳、吃冷猪肉，要去看史料，可是史料浩如烟海，你选择的是史料的极其有限的一部分，你耗尽一生的精力能够看到的东西也是有限的；而且同样是看同一批有限的材料，人们提出的常常可能是完全不同的问题。一方面，历史学家的工作永远都面临这样的可能性，你所看到的史料修正甚至颠覆了你原来的设想；另一方面，过往的史料如同一片幽暗，历史学家的问题意识和理论自觉，就仿佛是探照灯，决定了他的目光所投射到的，是那片混沌中的具体哪些层面。

岳老师一周之前还组织了刘北成等好几位老师讨论娜塔莉·戴维斯的一本书。这位戴维斯是普林斯顿的一位女历史学家，大家非常熟悉的是她的《马丁·盖尔归来》，最近在北大出版社出版的是她后来的一部著作《档案中的虚构》的中译本。很早之前，我们聊天时就在说，这个书名在中文语境里，很容易引起争议，或者说引起很多实际上和这本书的主题不太相关的联想。"档案中的虚构"是在讲什么？档案里面有造假、有靠不住的东西吗？比如说我们看到报道说，官员档案材料造假，年龄是假的，入党也是假的，学历也是假的，只有性别是真的，最后发现连最后一条都不是。"档案中的虚构"是不是这个意思？其实这本书研究的是16世纪法国司法实践里面的一种现象，犯罪者为减轻刑罚或者得到赦免，要讲述一个pardon tale——赦罪故事。比如说你犯了杀人罪，那个时代的司法制度里面，你可以自己动手或者请别人帮你写一份悔过文书，如果这个文书能够写得比较成功，你就可能被赦免，至少可以免于一死。什么叫"档案中的虚构"，这"虚构"的意思不是中文里面我们经常联想到的那种意思。顺便说一句，当代史学和当代史学理论领域里面的"虚构"这个概念，和我们中文里"虚构"的意思很不一样。中文里的"虚构"仿佛就是无中生有，随意编造。这个"虚构"在当代西方史学的语境里面，更多的是编排、建构、想象、加工、创造这样的内涵。档案里面的"虚构"所指为何，或许我可以用这样的一个方式来解说：有人讲，中国古代县官判案，用现代司法的术语来说对同一桩罪案是有着"自由裁量权"的。同一桩罪案，如果你想给判重，就说"虽然情有可原，毕竟罪责难逃"；如果想给他轻判，就说"虽然罪责难逃，毕竟情有可原"。简单地说，赦罪书就是要把一桩罪案，解说成"虽然罪责难逃，毕竟情有可原"。这本书讨论的实际上就是这个情形，档案中的"虚构"，就是一桩罪案在当时是如何按照某些套路，被解释为在很大程度上是可以被宽恕的。这位杰出的研究者戴维斯本人就说，档案无穷无尽，历史学家当然是要进档案馆的，要面对史料，可是看哪些档案是有选择的，从同一批档案中看到些什么又是有选择的，如果你没有明确的问题意识，如果你没有充分的理论自觉，你实际上是无法从档案中有效地获取相关信息的。

在不同层面的研究或者研究对象非常不同的领域里面，也是同样的情形。比如在相对来说更为宏观的社会史领域，人们必须有一些最基本的理论框架，有充分的理论自觉，有一些概念工具，才能够进行研究。比如说二战之后，德国也逐渐发展起来了社会史，他们有人也称之为"历史的社会科学"。"历史的社会科学"或者说社会史针对的是什么？就是主要描述个人、讲述事件的那样一种以民族国家为中心的叙事史学，而德国正是这种史学模式的大本营。社会史为什么要转而研究结构，为什么要转而研究更为广泛的社会进程，为什么要转而研究群体而不是个人？它得有一个说法，那就是：我们进入了一个工业技术社会，这意味着社会结构发生了变革，意味着在历史过程中impersonal的——超出个人之外的——因素发生着重大的作用。现代社会有一个显著的特点，一方面，每个个体有更多的自由选择的机会，另一方面，人们又感觉到被不可预知的各种力量裹挟，仿佛只能随波逐流，这些力量有政治的，也有来自科技变革、外在的环境变化的。

我们进入了不同的时代,要探讨人类的历史,不可能回到前现代,把个体的作用放到一个很重要的位置上。在不同的层面上研究的问题,需要有不同的思路。

这样的例证实在是太多了,比如说英国一位著名的马克思主义史家汤普森（E. P. Thompson）,大家都知道他的名著《英国工人阶级的形成》。在他之前一个多世纪,恩格斯就写过《英国工人阶级状况》。汤普森对他的研究中所涉及的至关重要的"阶级"概念,有他独到的理解。经典的马克思主义理论是从在生产关系中所处的地位来界定阶级的；汤普森讲的是,在工业社会的发展过程中,有一些人,他们有共同的经历、情感,认识到他们作为一个群体有着共同的利益,产生了对这一群体的认同感,认定"我"是"我们"中的一员,"阶级"的意识、情感和利益自觉就是如此生发出来的。汤普森是从这样的角度来考察他的主题的。如果没有对工人阶级的概念的崭新理解,这样富有创造性的著作怎么可能出现呢？和别的学科的从业者一样,出色的历史学家也有多样化的学术个性和学术特征,每个人的长处不一样。但是,单就20世纪的史学发展过程而论,他们也都有着共同之处,那就是,鲜明的问题意识和高度的理论自觉。

还想举一个例子,当今法国一位非常重要的历史学家,可算是年鉴学派第四代的罗杰·夏蒂埃（Roger Chartier）。洪庆明老师翻译了他的名作《法国大革命的文化起源》。还有一位大家更为熟悉的美国历史学家罗伯特·达恩顿,他的《启蒙运动的生意》《屠猫记》等著作都有了中译本。这两位史家是很要好的朋友,他们研究的兴趣也高度重合，比如说他们都关注启蒙运动，都关注启蒙运动前的思想文化，都以书籍为载体来考察启蒙运动的实际情形，等等。可是我有一次很惊讶地读到达恩顿的一段话，觉得很有意思。他说：像我这样的历史学家是要进档案馆的，夏蒂埃就用不着了，因为他脑袋里面有太多太多的想法。如果不知道他们之间很好的私人关系，看到一个历史学家说另一个那么有才华，哪儿用得着辛辛苦苦看档案，你肯定会觉得这是严重的讥讽。毕竟，文人相轻也是普遍的现象。可是，他们的确是彼此有争议同时又相互欣赏、对对方有高度评价的。

夏蒂埃在专题的历史研究之外，也有很多理论性的论著，脑袋里面各种各样的想法的确非常多，而且不断翻新，他很多的经验研究是和他那样一些完全不落寻常套路的思考联系在一起的。达恩顿很谦虚或者很自得地说，自己是要进档案馆的，可是达恩顿本人那些出色的研究离得开他的理论素养、理论自觉吗？不少人把20世纪七八十年代的历史学的变化，描述成此前历史学主要是跟地理学、经济学、心理学、社会学、政治学等社会科学相结合，而在此之后，对历史学产生了最大影响的学科是人类学。达恩顿对人类学颇为重视，他与写作《文化的解释》的著名人类学家克利福德·格尔茨（Clifford Geertz）是特别要好的朋友，他的《屠猫记》就明显地受到格尔茨的人类学方法的启发。达恩顿有时候会以很俏皮的方式谈一些问题，让你能够清晰地判定，他脑袋里面老在思考超出经验研究层面而又与经验研究相关的问题。比如说他讲到现在有很多年轻人越来越不注重史料，仿佛历史学可以随意使用史料,而像他一样当过三流小报记者,天天要去报道抢劫、强奸、谋杀案的,就知道真有事实这东西。他的意思是说,如果你乱写吃了官司,就知道这个世界上真有事实这样一种东西。可是转过头来,达恩顿又会说:你从新闻里面看到的不是事实,是对事实的报道。能够说出这样的话的人,是只进档案馆而没有idea(想法)的吗?这样一位极其善于从人类学和别的学科中汲取资源的史家,可能是缺乏理论自觉和素养的吗?他只是和夏蒂埃干活的方式不一样而已。我们刚才讲,问题史学是要由理论来引领的。20世纪七八十年代复兴的讲故事的史学、叙述的史学,是没有问题意识和问题导向的吗?没有对现代早期法国司法制度、权力关系、乡村社会网络、个人认同、财产关系等问题的关注,《马丁·盖尔归来》和《档案中的虚构》就只是发生在过去的奇闻逸事,而不会具备更丰富的蕴涵和价值。历史学的发展是不能排斥理论的,而必须是和理论齐头并进;没有足够的理论素养和理论自觉,是不能造就出色的历史学家和出色的历史学研究的。

我们有的史学论文,你要仔细看来,没有连贯的逻辑,前后讨论的不是同一个或者相关联的论题,论证也不合逻辑。历史学思维有其特性,单单是思维合乎逻辑,不可能成就历史学,但是不合逻辑是绝不可能成就历史学的。对于历史学来说,逻辑不是万能的,但是不合逻辑真的是万万不能的。历史学工作者也需要锤炼和检视自己的理论思维。在当代西方史学的发展中,我们可以看到,一方面,来自不同学科和领域的理论对历史学实践产生了巨大的影响，当代的历史学研究的对象、方法、路径的差异，很大程度上来自历史学家吸纳了不同取向、不同形态、不同领域的理论；另一方面，史学研究中一些新的领域、新的方法，也在不断地刺激历史学理论的发展。

这后一方面我们这里不多说，只举一个例子。近年来口述史的兴起，有着各种各样的原因。有人想的是，我们要赶快抢救历史，否则某一段历史的那一批亲历者要没了；有的情形是，对于某些历史片段，我们只知道主流的意识形态、高高在上的精英们是怎么看待和讲述的，而我们可以通过口述史来"讲述老百姓自己的故事"，开启和保全"自下而上的历史"。无论初衷如何，人们对和口述史关联在一起的历史记忆是怎么看的呢？一个人经历了一些什么事，听说了一些什么事，他把有关的记忆保存在头脑里面，像物品被存放在仓库里面。有的仓库条件好，恒温恒湿，物品保存比较完好；有的条件不好，所以物品会发生磨损和变化。可是只要口述史的讲述者不是有意歪曲的话，他就或多或少地是在告诉我们，过去究竟发生了什么。这仿佛是人们很自然的想法，可是差不多在相近的时候，不同的国家、不同的领域的口述史的从事者们，都在他们的实践中碰到了一系列相似的问题。什么问题？记忆靠不住。经常会发生这样的情形：讲述者常常倾向于在无形之中提升自己所起的作用、所扮演的角色；人们还常常会把自己解释得更加清白无辜，把别人解释得应该承担更大的责任；等等。而且，人们会很惊讶地发现，在不同的时候给不同的人讲述同一件事的时候，即使记忆力惊人的对象讲出来的不同版本之间，也有巨大的差别。所以，很多口述史研究者同意这样一个说法：记忆之有关现在绝不亚于它有关过去。这一来，有关历史记忆，甚至于有关历史学的史料的看法，在很大程度上都需要重新修正。所以历史学的经验研究的实践与理论之间，总是处在一个互动的过程中。历史学永远是一门经验性的学科，要靠过去留存下来的各种各样的史料，依靠我们所具有的历史学的技艺，来理解人们所经历的过去的某一个片段或面相。可是历史学不可能脱离我们的问题意识，脱离我们的理论自觉而得到进步和提升。这是我想讲的第一个层面的内容和感受。

二

第二个层面的内容，我想讲的是，历史的综合与历史学的碎片化的关系问题。怎么来看这个问题？通常的说法中，有"通人"和"专家"的分别。通人和专家谁优谁劣，不同的时候，不同的人，会有不同的看法。如今好像是专家更吃香。我自己就不止一次，听到有人颇为自得地说："我哪有能力写什么通史！"特别是我们国内的学术氛围，如今仿佛是专家更有自信的时代。

可是我个人倒更赞赏、敬佩钱钟书的说法。他说人文学科的研究对象彼此相连，交相呼应，我们之所以不得不让自己的视野变窄，把自己变成某个领域的专家，那是因为我们受到了生命和智力的"严峻局限"，人的寿命受到自然的限制，我们的智力有局限，这是不得已的事。他的意思，仿佛是说，这不是值得当作什么好事来夸耀的。我觉得这话说得真好。专家和通人之间，对某个领域的更宏观透辟的见识和细致入微的专门学问之间，历来是有一种张力存在的。19世纪后期历史学的职业化和专业化，带来了历史学生态的很大变化。这以前18世纪的历史学家是些什么样的人？休谟、伏尔泰、吉本、孟德斯鸠……这些人同时还是政治家、商人、法官、哲学家等等，都是知识范围和兴趣领域极为广泛的文人雅士。19世纪后期开始，历史学家成了历史学教授，到了年底，要统计你发了多少篇核心期刊论文，查查你的引用率，决定你明年能否上岗或者上什么岗。这是一个巨大的变化。历史学专业化之后的发展方式，是朝着越来越专门化的领域在走的。所以在比我们今天哀叹碎片化还更早得多的时候，人们就在感慨在历史学领域，也和别的领域中是一样的情形，人们变得对越来越小的事情知道得越来越多。这是一个麻烦。

虽然，专家与通人、宏观与微观、综合与碎片化之间的张力，在历史学领域早已有之，但是从前的问题不像现在这么困难。为什么？因为此时和彼时历史学科所预设的前提不一样。从前，或者甚至可以说一直到20世纪中叶，人们都有这样的信念：我们都是研究范围非常具体而有限的专家，你研究埃及的土地制度，他研究鸿门宴，我研究英国工业革命的发生，我们不看彼此的论文，很可能也看不懂。但是我们相信，我们研究的是同一个历史。我们遵循历史学的家法，我们动手动脚找材料，要将相关材料一网打尽，我们各自在做似乎漠不相关的专题研究，但却又好像是在一起做一个游戏，要完成一个巨大的拼图。这个拼图最后出来是什么样，现在谁也不知道，但肯定是一个有意义的图案。我们是在为一个宏伟的事业添砖加瓦，我拼出一小块，你拼出一小块，终有一天，这拼图的大概模样能够展现出来，整体的人类历史会展现出来。这个信念有点像雷锋的说法，那就是要把有限的生命投入到无限的为人民服务当中去。虽然每天做的事很有限，但那是在为了一个最值得投身其中的宏伟事业做贡献。这是一个极其坚定的信念。

所以，在那个时候碎片化、专业化不是问题。为什么不是问题？因为最后有单一的、统一的整体历史（a single unified History）的存在。说过"权力就是腐败，绝对权力要绝对腐败"这句名言的阿克顿勋爵，既是一位重要的政治思想家，也是重要的历史学家。现在陈恒教授所主持的若干重大工程中，又增加了最新的多卷本《剑桥世界史》。剑桥系列历史的开山祖师就是阿克顿，他在主持编写《剑桥世界史》的时候就在讲，历史学家们各自在自己的一亩三分地上耕耘，各自清理人类历史的某一个极其有限的局部，经过若干代、若干人的持续努力，我们最后一定能够达到那个终极的历史。

讲到这一点，让我想起在微信上经常可以看到的图片。一开始是银河系、太阳系、地球、一块陆地、一个城市，然后是一个人、一个人的皮肤、构成皮肤的细胞，一直到更加微小的微观世界。参照系的不同尺度之间，反差无比巨大，但是反映的是一个统一的世界，细胞本身变成了一个微宇宙，但这个小宇宙从属于更大的宇宙，各个宇宙本身是统一的。为什么碎片化在西方，自

20世纪80年代以后成了一个大问题？你还在伺候你的一亩三分地，可原来你的一亩三分地是构成某个伟大事业的一部分，现在你却不知道你那一亩三分地能不能和别人的一亩三分地发生有效的关联，这若干个一亩三分地最终能不能构成一块整体的大陆。为什么？因为认为人类有一个单一的、统一的历史的那样一种观念，受到了质疑，或者说它现在hold不住了。启蒙运动以来，各种各样的宏大叙事（grand narrative/great story）讲的是历史朝着什么方向走。现在没有这个东西了，或者人们不相信这个东西了，宏大叙事失去效力了。对后现代思潮有着各种不同的界定，最能达成共识的，似乎还是法国学者利奥塔所说的"宏大叙事的解体"。以前人们对专业化导致的碎片化，也有质疑和忧虑，但总认为，人们是在从事同一项事业。当代著名的史学理论家安克斯密特有一个说法：现代史学，仿佛是很多人一起建一个大教堂。每个人干着不同的活儿，你在搬砖，他在开挖掘机，还有人在制造彩色玻璃，每个人干的活儿各不一样，别人也隔行如隔山，不能互相替代。但要建造一个宏伟的大教堂，这么一个统一的目标是大家都认可的，也是每个人个别的工作的意义所在。而当前史学的情形，照安克斯密特的说法，就仿佛是一个大都市，历史学家们就像是波德莱尔笔下的漫游者，他们各走各的路，彼此之间没有关联，也没有统一的目标可言。所以，碎片化在过去和现在的含义是不一样的。那时人们普遍相信，历史学的宏观的、整体综合的一极与微观的、高度专业化的另一极，终究能够整合成为一体。对从前的历史学家来说，还真是"同一个世界，同一个梦想"。

但是现在这个前提被根本动摇了。碎片化的研究意义何在,才真正成了问题。

可是,欧美史学这几十年来的发展,在越来越专业化、越来越碎片化的同时,也有朝着另外一个方向的趋势和变化,那就是人们要从整体上观察历史的愿望越来越强烈,也取得了诸多值得我们尊重的成就。这方面的情形,岳老师可以有更专业的讨论。力图对整个人类历史做出更宏观的把握,这样的努力,从前的人们尝试过没有?当然有过,这可以说是人类智慧的本能,奥古斯丁就有过这种努力,黑格尔也有过这样的努力。可是从前的那些努力经常被嘲笑,是不为正经本分的历史学家所接受的。汤因比本来被认为是一个历史学家的,可自从他写了要解释整个人类历史的《历史研究》,似乎就不再被当作历史学家了。人们经常会把这种历史,称作鸽子笼式的历史学。你做好了一个鸽子笼,然后强行把丰富多彩、流变不居的历史现象塞到你那个模式里面去,那是传统的历史哲学。可是现在的全球史、现在的整体史,当然有其种种缺陷,但是我们很难把它们归为从前那种高度模式化、思辨化的历史哲学。

全球史、整体史给我们提供的对人类历史的解释,其框架和过往很不一样。前一段我看过一本小书,以色列一个年轻历史学家写的《人类简史》,很多人推荐,我看了,的确很好。它设置不同的参照系,在很短的篇幅内,讲从智人开始到现在为止,对于人类文明成为今天的面貌,哪些因素起到了最重要的作用。这几十年发展起来的全球史,包括所谓的"大历史",都在做这样一种努力，要从更宏观的角度，从人与自然之间、不同文明之间的相互关联，来考察人类整体的历史。比如说美国历史学家克里斯蒂安的"大历史"，要把人类历史放到更大的背景下看，他的背景是从Big Bang——宇宙大爆炸——开始的。他写的历史把时间拉回到了130亿年前的宇宙创生。他的《时间地图：大历史导论》这本书，花了极大的篇幅来讲宇宙演化。我觉得这不是历史。现在有人反对人类中心的历史，但毕竟历史不能没有人。你把人类的历史过程放到整个宇宙的大背景来看，这没有问题。但是你写一部历史书，从科学家那儿弄来那么多东西，不说创造性，连可靠性都成问题，那是另外一回事。

参照系不一样，尺度不一样，人们可能关注到的构成历史过程的要素，也就有很大的不同。传统的历史学所不曾考虑到的或者并不大在意的各种要素，就可能被纳入对整体历史的关照中。大家所熟悉的，从长时段来考察气候对于历史过程的影响，就是一个例证。整体史的一个例证，来自一个完全不属于历史学家之列的学者——那位写《枪炮、病菌与钢铁》的戴蒙德，他是干什么的呢？他原本是一位研究人的胃黏膜的专家，研究了好几十年，是这方面的权威学者。可是他不愿意自己的视野完全被胃黏膜占据。《枪炮、病菌与钢铁》要解释的是，现在不同的国家、不同的地域、不同的文明，为什么是这样的命运？在他眼中导致人类不同群体的历史进程出现差异的因素，是在传统历史学家的梦想之外的。他强调，不是人种之间的优劣，也不是文化间固有的差别导致现代以来西方占有优势、非洲处于贫困混乱之中。被他放在最为重要的地位的,是那些对于特定文明或民族来说,仿佛是先天的因素,在他那里尤其是指发展起来了不同文明的各个区域的生物禀赋。如此一来,他与布罗代尔的倾向相当接近。布罗代尔到了晚年,更加明确地讲,在他的内心深处,认为人类是其环境的囚徒;人们自以为是自由的,实际上90%的人类事务,是被此前的因素所注定了的。这是布罗代尔的说法。戴蒙德没这么说,但是布罗代尔的那些话,完全适用于戴蒙德解释历史的框架。人类文明要发展起来,农业、畜牧业要发展起来,首要的条件是得有适合被驯化的动物或者是植物的品种,比如牛、马、猪、羊、犬等动物,以及大米、小米、小麦、水稻、甘薯等植物。当今中国的农作物当中,有将近三分之一的品种来自美洲。每块大陆具有的物种的禀赋是不一样的,仿佛老天爷的赐予并不平等,有丰厚的,也有很吝啬的。再就是,每块大陆天然的形状不一样,有的跨越的经度很长而纬度相对较短,有的跨越的经度不长而纬度相对较长。亚欧大陆和非洲大陆就分别是这样的情形。物种在相近的纬度上跨经度传播比较容易,而跨越较大的纬度的传播则比较困难。照这个思路,老天爷就注定了亚欧大陆和非洲大陆的不同命运。不管人们对戴蒙德的解说有什么样的看法,我们这里想说的是:一方面我们在感慨历史学的碎片化,但是另一方面,近年来又有诸多的论著,表明人们依旧企图对宏观而广泛的历史进程,达成有效的理解。在感受到这样一种巨大的学术抱负和热望的同时,我们也看到了若干值得尊重的成就。

有关碎片化的问题,我们也应该看到事情的另外一面。我看到英国历史学家彼得·伯克有一个挺漂亮的说法，他说历史学家既要关注宏观，也要关注微观，我们应该像物理学家玻尔那样，善于互补，能够把宏观的长波和微观的粒子结合在一起。这讲的是物理学当中的波粒二象性。他说，历史学家也应该把宏观和微观两者结合起来。这话很好听，但是到底如何落实啊？照彼得·伯克的说法，有的研究是在不断地往返于宏观和微观的不同层面之间，比如说史景迁研究知识分子与中国革命的《天安门》就是如此，个体化的经历与更为宏观的进程交织在一起。彼得·伯克还讲到，有些研究特别注意选中间人（brokers），比如说某一个最早的时候偶然有了在西方游历的经历的中国人，某一个处于两种文化中间的人。你选择好某一个节点或是一个很小的入口，就可能展现更为宏观的东西。他说的话不是没有道理，我们都知道最近几十年，若干微观史的著作具有了超出历史学界之外的影响力。比如《马丁·盖尔归来》，就是微观史著作中的佼佼者。可微观史的最杰出的研究者戴维斯等人，在不同的场合都反复讲，微观史远不是找到一批材料、讲出一桩好玩的故事那么简单。你刚好运气特别好，走入了一个历史学家的梦境中。突然发现了一批丰富的、没有被人使用过的材料，那就是历史学家的梦境。达恩顿就讲他走进过历史学家的梦境。他在英国留学时，想要研究启蒙运动里面的某一个人物，要找这个人的通信，就找到了瑞士靠近法国的一个小城市纳沙泰尔的一个档案馆，这个档案馆有一家印刷公司从18世纪以来的所有档案，涉及启蒙运动中最为重要的文献之一——狄德罗主持的《百科全书》。那些档案就包括了伏尔泰、狄德罗他们怎么要修改《百科全书》，别人告诉他们要怎么样才能通过审查，是哪些人要订购《百科全书》，读者有些什么样的反馈等各种各样的材料。他最后写出了《启蒙运动的生意》一书，涉及《百科全书》的方方面面，来考察启蒙运动实际发生的情形。

微观史的确经常都是在讲很好玩的故事：马丁·盖尔的故事多有趣，《蒙塔尤》《奶酪与蛆虫》里的故事也很好玩。所以很多人就觉得，所谓微观史，就是你刚好找到了一个材料，你最后讲出一个有趣的故事就好。所以也有人担忧，说微观史净讲小人物的故事，哗众取宠，重要的人物、重要的历史进程就被忽视了。曾经就有历史学家非常担忧地说，这年头的事情我搞不懂了，马丁·盖尔居然变得比马丁·路德还出名了。这样的疑虑当然也在情理之中。可是像戴维斯这样的历史学家，从来就强调，微观史虽然讲述的可能是一个具体的、很小的事件，涉及最为寻常不过的个体，可是这个小事件、普通个体的经历、故事发生所在地的一个小村庄，要把这些东西和更为广阔的世界联系在一起。大家看一看《档案中的虚构》这本书，看看岳老师所主持的刘北成老师他们前些天的一个对谈，你就会看到这样一个个小的个案、微观史精彩的故事研究里面，会触及那个时候的司法制度、社会观念、婚姻制度、财产关系等等。它入口确实很小，如果你没有更广泛的兴趣，没有更宽阔的视野，没有更宏大的眼界，你所能写就的就只不过是一桩逸闻趣事。现在，出色的微观史著作，的确做到了像是英国诗人布莱克所说的那样，从一粒沙中见出整个世界。所以专业的、细致的研究怎么包含一个宏大视野，这是我们需要解决的问题。我们的同学做论文时，经常被教导要"小题大做"。"小"在何处？你的入手要小，要在你有能力推进的范围内。什么叫"大"？你要有超出你主题之外的广阔的视野和关怀。

　　整体史与微观史、综合与碎片化之间，有很多纠结的地方。但是，我们今天究竟该如何看待这两者之间的关系？要照阿克顿的那种"终极的历史"的理想，这个问题比较好办。微观的研究、碎片化的成果，终究可以被纳入整体和综合之中。大道理管小道理，大历史管小历史。最后的大拼图，终归可以把零零碎碎的小拼图都放进去；最后修成的大房子，总是可以将之前完成的小部件都收纳进来，都给装进去。可是眼下，这种看法会碰到各种各样的困难。我们世界史领域的前辈学者吴于廑先生和刘家和先生，都说过这样的意思：真正的世界史，不可能是工笔画，而只能是写意画。写意画可以是万里江河图，展示的是极其宏观的格局，工笔画是把每个细部都给你画得极其的细致，可是写意画和工笔画之间的关系，不会是工笔画总能够作为哪怕再细小的局部而被整合到写意画中。可是，人们对于宏观的全球史、整体史和历史综合，总是期待着，它虽然未必能够囊括万物，其视野和解释框架，却应该在足够宏阔的同时，而又能够包容广大。就仿佛万里江河图必定无法穷尽每一朵浪花，但峡谷湍流、水势巨变，却总是可以在其中找到自己的位置。麦克尼尔的全球史经常遭到的批评，就是由于将文明之间的互动视作历史演进的主要动因，而未能充分考虑文明内部的特质和重大变化。目前全球史研究中对文明比较所展示的各文明内在因素的重视，或许就是对此的修正。或许，对于历史综合、宏观史，我们最好不要理解为，那是要修一个大房子，把所有的东西都容纳进去。这样说也许更好：那是要洞开一个窗户，透过这个窗户，我们从不同的角度可以看到不同的景致。洞开的角度更大的窗户，能够让我们看到更多的景致。这样的宏观史、整体史，具有更大的解释效力。这个问题，我还需要继续考虑。但无论如何，历史综合与碎片化这两者之间，既不是前者终归可以涵盖后者，也肯定不是简单的对立关系。

三

最后，再简单地讲一讲当代史学发展的多元化的问题。我所能够跟大家交流的，只不过是我的阅读印象，相当于旅游日记。

说到当代史学的多元化的现状，我就想起福克纳的一部名著的书名《喧哗与骚动》。的确，当代史学充满了喧哗与骚动。眼下，还有不少人在讲历史学的危机。其实没多少危机，热闹得很。你要说危机，在我看来，至少在我们国内，这个古老的学术行当吸引最优秀的智力资源的能力，眼下处于比较低下的状态，这可以算是个危机。但是另外一方面，也可以说，无论在欧美还是中国，历史学是前所未有的兴旺发达、前所未有的多元化、前所未有的充满生机。这里说的多元化，和我们刚才谈到的碎片化，在一定程度上有重叠。

多元化、多样化的态势，在20世纪史学的发展过程中，是在不断地发展、不断地加剧的。为什么？你可以找出很多原因。现在的社会是一个多元的社会，现在的世界是一个多元的世界。照欧美左翼学者的说法，以前的历史主要是白种的、男性的、死了的人写的。那理所当然地，针对西方中心的历史，就该有非西方中心的、后殖民主义的历史；针对男性视角的历史，就会有从女性视角出发的性别史；针对只关注人类活动而忽视了自然的历史，就会有环境史；针对关注精英的、处于优越地位的人的历史，就会有让从前沉默的大多数发声的历史，就会有贱民的历史、少数族裔的历史。如此等等，不一而足。历史学总是现在跟过去之间的对话，当下的社会越来越多元，历史学也会随之变得越来越多元。

再就是，各种各样的学科花样百出，历史学要接纳不同的学科的影响，接纳不同学科内部越来越花样繁多的不同学派和取向的影响。20世纪七八十年代以来，历史学发生的变化和各种"转向"，就被不少人解释为，从前历史学家接受的更多是来自社会学、地理学、经济学、政治学、心理学等学科的影响，而在这个时候，人类学的影响来得最大。总的说来，当代欧美史学完全不像100多年前那样，对于接纳来自别的学科的影响是否会危及历史学的自主性充满疑虑，而是更为主动、积极地吸纳来自不同学科的滋养。各个学科以及学科内部的多元的影响，对于造就历史学的多元化局面，也功不可没。

以前的科学史，主要把科学史看作人们不懈地探求和揭示科学真理的历史，后来的科学史在很大程度上，更加倾向于把科学的兴起和发展，与具体的社会关系、权力关系联系在一起来考察。循着同样的思路，我们也可以说，历史学呈现出多元化的态势，也有很现实的原因。刚才我提到，正在写作的历史学家比从希罗多德到汤因比加起来还要多。这么多的历史学从业者，要在职业阶梯上不断攀升，要保住自己的饭碗，就要不断地做研究，发论文。眼下的学术界，不论中西，都有"创新"强迫症，所以历史学家也得不断地创新，不断地开拓新的领域。最近几十年，欧美才稳定下来的一个历史学术语，叫作"早期现代"（early modern），大致指的是15、16世纪欧洲的情形。这种涵盖特定历史时段的术语，之所以出现和得到认可，有很多学理上的原因。可我不止一次听人说，如果只有古代史、中世纪史和现代史，历史系能够提供的教席太少，所以我们得制造出一个早期现代。这个说法虽然不足为训，但是现代史学的多元化，的确还有可以说是要从知识社会学的层面来加以解释的原因。

对于当前历史学的多元化，可以从不同的侧面来描述。比如说，历史学的写法就越来越多元了。海登·怀特和安克斯密特都说，19世纪的历史学的写法，受到了19世纪的文学的影响，主要是受到现实主义小说的影响。他们都倡议说，现代文学中的诸多手法和技巧，完全可以吸纳过来，在不违反历史学家法的情况下，创造新的历史写作的方式。这种尝试真的有人在做。史景迁、西蒙·夏玛的史学写作方式，也是跟此前很不一样的。

对于各种各样的多元的发展，人们有很多不同的描述方式。

有关历史学最近几十年来的变化、发生的"转向",就有"文化的转向""叙事的转向""语言学的转向"等说法,各自侧重点不同。这些"转向"意味着什么?新的取代了、淘汰了传统的、旧的取向吗?恐怕不好这么理解。种种转向在不同程度上的确是存在的,比如说由关注社会政治经济到关注文化,由关注群体的物质生活到关注他们的观念世界,由关注社会的结构到关注个体是怎么来经历他自己的生活,等等。这些变化,有的时候它们表征的,是大的学术潮流的转移。

比如说年鉴学派到了第三代,的确有很大的变化——他们自己所说的"从地窖到阁楼"的变化。在布罗代尔那里,个人和事件没有值得关注的价值,是被束缚在结构和局势之下的囚徒。那个时候,布罗代尔的很多追随者,把自己的研究室叫作实验室。为什么?非得叫作实验室才能说明我现在从事的是一门科学,虽然和自然科学不一样。那个时候各种各样的社会科学和历史学的结合极其紧密,尤其是量化史学的方法,在美国和在年鉴学派手上高度发展起来。这样一种量化方法处于极盛的时候,是个什么景象?举个例子:后来讲故事很成功,被视为新文化史或者微观史的代表人物之一的勒华拉杜里,写《蒙塔尤》的那位。他在写《蒙塔尤》之前是干什么的?都是写没有人的历史的。他写过一本书,用各种历史数据来讲1 000年来的气候史。他还写过一本《朗格多克的农民》,讲的是从15世纪到18世纪法国某一个区域的人口变化。后来别人把他写的历史称作"不变的历史"或者"没有人的历史",因为历史过程中起决定性作用的,是不变的、超出个人之外的结构性的因素。在他看来,被地理环境、气候条件和农业生产模式所决定的粮食供给,决定了人口消长的状况。这样一些根本性的因素,在4个世纪中几乎没有变化,因此,这4个世纪的西欧历史就没有大的变化可言。传统史学所要浓墨重彩地来讲的宗教改革、文艺复兴、法国革命这些东西,对他而言仿佛并不存在。他的研究,要大规模使用量化的方法,来了解气候的变化、土地的生产能力的变化、粮食价格的变化。勒华拉杜里也是最早玩计算机的,他宣称:将来,不能成为程序员的历史学家将一无所是。你编不了程,就干不了历史学的活儿。那个时候说这个话,显得有点突兀,但也不会让人看作太离奇古怪。可是你回过头来看,后来写了《蒙塔尤》的这样一个人,当年居然说过这样的话,简直是不可思议的。

历史学的多元化,一方面的确是史学潮流的一些大的变化导致的结果,但是,另一方面,它并不意味着,新的东西对旧的东西的全方位的重新覆盖和替代。传统的历史学当然不可能是一成不变的,它总会不断地受到冲击、发生变化。后现代主义思潮在史学领域的冲击,就产生了多方面的效应。但是很多传统史学的东西,依然会存留下来。我个人很喜爱研究美国史的美国权威史家贝林的一句话,他说,历史学有时是一门艺术,从来不是一门科学,始终是一门技艺(craft)。一方面,历史学在长久发展过程中所积累起来的家规、家法和技艺,终究是它的立身之道。怀特也讲历史学是一门技艺性的学科,在研究领域和写作方式方面无论多"新潮"、多"激进"的学者,都没有,也不可能走到那样一个地步，要否定史料对史学研究的支撑和制约作用。另一方面，就像18世纪保守主义思想家埃德蒙·柏克（Edmund Burke）针对政治问题所说过的，只有能够适当进行变革的国家才能更好地保全自己，历史学也只有不断吸纳新的要素、不断变革才能永葆活力。不断产生的新方法、新取向，很可能在风行一时之后，人们会发现原先对它期望值太高，开始意识到它的局限、它的有效性的范围。但这并不意味着，它就昙花一现，不复存在了。刚才我开始讲之前，陈老师提了一个问题：全球史还能活多少年？这方面岳老师是专家。但我觉得，它有可能火不了太长时间，风靡不了太长时间，但是它会一直活下来，因为它已经取得的和还有可能取得的成就，会得到广泛认可，它的一些视角和方法，会长久地留存在历史学传统的武器库中。比如说，量化的方法风靡了挺长一段时间，到了勒华拉杜里能说出那样夸张的说法的地步，可是量化史学的发展后来让很多人感到失望，对它的失望，是导致了后来的"叙事的复兴"的一个重要因素。历史学家要重新做一个讲故事的人。量化的方法是不是就被摒弃了？不是，清华从事经济史的老师们办了好几期量化历史讲习班，无论欧美还是中国，量化方法还在有效地运用于经济史、社会史乃至文化史等领域的研究。比如，我的同事李伯重教授近年来就专注于明清时期江南地区的GDP研究，他为此专门学习了不少数学方法。他的同行和学生中，有人主要依据从民国到中华人民共和国时期大学生的学籍卡等资料，来研究在不同时段，是些什么社会阶层、社会背景的人，在接受大学教育，获得更多向上的社会流动的机会。欧美史学中,量化方法不是消失了,而是在意识到它能够做些什么、不能做些什么的同时,发展得更加精致,使用得更加普遍了。

历史学越来越多元化,历史学也应该越来越多元化,对此我们应该有一种开放的心态。100年前新史学的开拓者们,呼吁要将历史学和其他各个学科相结合的时候,很多人在担忧,那样一来,历史学会不会变得不是历史学了。今天,历史学家应该是更多自信而更少疑虑了。无论怎么变,历史学都是一门经验性的学科,但它的发展离不开历史学家的理论自觉和理论素养,离不开历史学家的技艺和历史学的家法。多元化的发展,会让历史学变得更有魅力,让它的生命力更加旺盛和强大。以上我所讲的,是阅读当代欧美史学的一些初步的观感,没有来得及做仔细的准备,非常抱歉,谢谢大家,欢迎各位的批评。

陈恒: 感谢彭刚教授在这么短的时间内给我们勾勒出当代史学发展的一个清晰脉络,非常感谢! 我们接下来进入第二个阶段。请岳秀坤老师点评。

岳秀坤: 第二个阶段就是大家一块儿来学习彭刚老师前面的讲话,深入地学习,慢慢来,一步一步来学。我先简单说一下自己的学习体会。彭老师是我的老师,我听过他的课,但次数不多,今天的机会很难得。彭老师今天讲的内容,恰好有些是我最近正在学习的问题。我把现在想到的简单汇报一下。

第一点是理论思维能力和实践的经验技巧之间的关系。我觉得,国内的史学教育可能跟国外的史学训练不太一样。我们国内的史学，像彭老师说的，有非常强的反理论的倾向。历史系的老师们有很多人会习惯性地说，我做的研究是没有理论的，我做的就是历史学，不讲理论。这个潜意识里边，他把理论思维和经验研究看作两回事，两者是割裂的。但是，如果是一个做史学理论的人来看，所有的历史研究背后都有不同的理论预设；虽然都强调史料，重视逻辑论证，但是从理论思维的特征来分析，其实不同的研究者可能带着不一样的预设，有不一样的问题指向，走的是不同的路径。

结合刚才彭老师做的分析，我想，是不是可以把这些做历史而不谈理论的历史学者做一种简单的两分。一般常见的史学研究呈现出两种不同的方向：一种是强调整体的，一种是强调特殊的。前者把历史看作一个有现实感、整体感的知识构建。刚才彭老师的讲话中提到想象力，历史学的想象力，我把它分成整体感和现实感两部分。这一类历史学者比较容易接受整体史、世界史的路数，以及具有全球史的宏观问题意识，他们觉得这种关怀、这种问题有其合理性和可行性。另外一种研究，把历史学看作研究特殊的、具体的问题的一门学问。这类学者的研究预设是，以史料为中心，只解决依据有限的材料、可靠的材料能够论证的局部的、个别的历史现象。相对而言，后面说的这一类历史学者要更多一些，他们一般对宏观历史问题抱怀疑态度。

这两种路数是很不一样的。就我个人在出版社、杂志社做编辑、审稿的工作经历而言，不同风格的研究我都要欣赏，要有一定的鉴别能力，不能随着自己的偏好去取舍。基于文献的细致分析,纯粹讲史料考证的,可能更少一些现实感和整体感,但是,假如他把问题放到了一个非常周全的学术史的脉络里,跟前后左右、古今中外的各种学者在同一个问题上进行思考对话,当然值得我们尊重和欣赏。我们可以欣赏他严密的逻辑推论能力、精深的文本考据技术。不过,这样的学者,一般不去解释宏观的历史现象,你问他一个关于整个时代的问题,或者是某个区域的、全球的整体性问题,他很可能不能给你答案,因为按照他的工作逻辑,他不考虑这些问题。

重视整体感、现实感的历史学者,会在问题的选择上表现得更具有冒险性。这种路数,会比强调考证的学者更多地关心宏观的历史问题。我现在供职的首都师范大学有一个全球史中心,是提倡宏观问题研究的。这一类研究,遵循另外一套工作逻辑,问题的框架是不一样的,就现在流行的趋势来说,特别强调超越国家这个历史分析的框架,发现各种大规模、长时段的历史连续性运动。我觉得,评判这一类研究的优劣成败,标准可能是跟前面说的那一类研究不太一样的。

当然,两分法最方便,也过于简单。实际观察,我们会碰到各种各样的表现形式。前面陈恒老师问到,全球史这种潮流会流行多久,10年还是20年?我想,如果把全球史问题换成整体史、宏观历史问题,那么,可以说它会一直存在,只不过外貌会有变化而已。就像彭老师刚才讲到的,专家和通人两者之间的张力,在学术史、知识史上是一个跨时代的现象。也许,再过一二十年,全球史的提法没有了,但是对整体历史的关注始终会有的。

接下来再说我的第二点学习体会，也就是中西史学的不同步现象。刚才彭老师描述了20世纪的西方历史学，也许做中国史学的老师和同学会发现其中有不少特征，跟我们习惯的理解不一样。我们的历史学学术生态有自己的一套逻辑。

文化史，20世纪七八十年代以后，在西方学术界的流行极为普遍，造成了一个潮流，也就是所谓"文化转向"。90年代以来，全球史的流行又是全球性的，也对西方的史学界产生了全面的影响。这两次大的转折是半个世纪以来西方史学很突出的特征。这些潮流，或者说问题意识、方法论，传到国内史学界之后产生了各种变形，又有了我们中国特色的理解，往往脱离了它们原来的语境。

比如说，国内对待新文化史的态度。批评社会文化史的人会说它把历史学弄得越来越碎片化了。他们讲的碎片化，指的是研究对象从政治史转向了地方、民间、小人物，问题越来越小，因此失落了历史上更重要的部分。与之相反，为社会文化史的做法辩护的人会说，基于田野考察，引入人类学的方法，关注那些被过去的历史叙述忽视的地方、那些被国家的历史忽视的人群，这是对常见的国家历史的补充、丰富，这不是碎片化，而是历史知识更加丰满的表现。

这跟刚才彭老师所讲的历史学的碎片化，已经不是一回事了。彭老师讲的，是大家对于历史的共识被打破了，好比众人在广场上聆听一个人的演讲，或者是按照同一个节奏跳广场舞，那种局面已经不在了，人们变成了在幽暗街道上的漫游者，各自摸索,各有各的历史。虽然用的概念一样,都是说历史学的碎片化,但不是在同一个层面上讲的。讨论的语境有很大差异。

像美国史家伯纳德·贝林说的,做历史学的人应该既是一个技艺高超的工匠,又是一个高明的艺术家,同时具备这两种特质。但是现实中我们看到,很少有这样的综合能力的人,工匠多一些,艺术家少一些。这一段时间,几次碰到有人问同一个问题:为什么外国学者写的文化史、微观史那么好看,我们中国学者掌握那么丰富的资料,却写不出来呢?这个问题可能不同的人会有不同的答案。我的理解是,中国的史学和国外的史学有两种完全不同的生长环境。相对而言,我们这里比较缺少理论上的自觉意识,或者是主动地把理论思维和历史学割裂了,所以,"主流"的做法还是强调还原历史真相,但实际采用的方法论在理论层面可能是比较简陋的;描述各种各样的事件,但很少把事件放到不同层次的结构里来表现。当然,我们传统的历史学做法也有优势,可以在文献考证、逻辑论辩方面做到很精妙,但是想象力,也就是历史的整体感和现实感,现在就比较少见到了。

回到彭老师讲的西方史学的学术史脉络里来,我倾向于认为,像周锡瑞的《义和团运动的起源》,沈艾娣写山西乡绅刘大鹏的《梦醒子》,或者是娜塔莉·戴维斯的《马丁·盖尔归来》,虽然处理的问题有大有小,整体来看,也许可以说,其中都有年鉴史学的影子。他们的共同特点是,在这些作品里,历史是有不同层次、不同结构的,无论他们描述的对象是事件还是人物,都尽量呈现不同层次的context(背景),比如地理环境、社会制度、文化结构等等。我们自己的微观史写得不够好看，不是因为掌握的细节资料不够多，而是把历史看得简单了。

　　以上我只是根据彭老师的报告谈一点大概的感想。两分法听起来简单，但不准确。研究具体的、个别的历史现象，未必就不关注宏观历史，可以勉强据此分为两种研究趋向，但不是绝对的。20世纪的西方史学转折多、变化大，形态十分丰富，同时，我们国内的史学也并不局限于史实考辨和事件描述，二者各有其长处。最关键的还是博采众长，不要给自己设限。

全球视野下的历史写作：与刘文明教授的对话

2017年4月30日，东方历史沙龙第126期邀请清华大学人文学院副院长、历史系教授彭刚和首都师范大学全球史研究中心执行主任、历史学院教授刘文明与大家畅谈"全球视野下的历史写作"。

历史学的"碎片化"与"全球史"书写

刘文明：我先来简单介绍一下今天我们所讨论的这本书（即下文提到的《麦克尼尔全球史》）的作者（之一）麦克尼尔。麦克尼尔是1917年出生的，去年7月份去世，到今年如果在世的话是100岁。他整个人生历程比较长，著述非常多。他的成名作是1963年的《西方的兴起》，可以看作"全球史"兴起的重要标志。麦克尼尔祖籍是加拿大，他在10岁的时候随父母迁到美国芝加哥，一直在那里上学,从中学到大学,后来在芝加哥大学教书,他在芝加哥待的时间非常长。他在二战期间还曾经服役,当过炮兵,人生经验也是比较丰富的。我们大家都知道,麦克尼尔在整个学术生涯当中有很多著作,也有很多已经翻译成中文了,比较有影响的著作,如《西方的兴起》(1963),《世界史》(1967),以及70年代的《瘟疫与人》,一直到2003年出版的《人类之网》(北大出版社此次出版中文修订版,书名改为《麦克尼尔全球史》)。麦克尼尔对于"全球史"这样一个新兴的研究领域是公认的贡献非常大的人物,所以一般将他视为"全球史"领域的奠基人。

彭刚:说到当代史学的发展,的确是非常难描述。无论是中国学者还是西方学者,要描述几千年来传统学科的发展,要描述古代、中世纪、18世纪、19世纪都相对比较简单,可是到20世纪情形就变得非常复杂了。我想我们在座的听众,无论是对历史学专业有多少了解,大家可能都会有所耳闻,或者有不同程度的了解,那就是现代历史学在19世纪以后有一个很大的变化,就是变得越来越专业化。从前的历史学家,远的比如中国的司马迁,希腊的希罗多德、修昔底德,现代之初的休谟、孟德斯鸠、吉本,他们这些人是政治家、法官、思想家,同时客串历史学家的角色。可是到19世纪后期,就像哲学家的主要身份开始变成大学哲学系教授,历史学家的主要身份也成了大学里的历史学教授。现代历史学开始专业化之后,加上别的各种各样的因素,一个非常明显的特点是,历史学家的研究领域越来越专门,对历史学家专业技能的要求也越来越严格。换句话说,用今天人们经常听到的略带贬义的话说，历史学家不再像以前人们所认为的那样上知天文，下知地理，对整个人类历史都有所了解，而是变得对越来越小的事情知道得越来越多，对某一个历史片断了解得越来越仔细。所以我们经常会听到这样一种担忧，历史学变得越来越专业化，历史学知识也越来越碎片化。作为历史学知识的创造者，历史学家也变成了各个小的领域的专家。的确，事实在很大情形下正是这样。

前不久我在清华校内听到一位工科出身的教授说，现在学科分野越来越厉害，这件事挺麻烦的。他举例子说，你到医院，固然是头痛有管头的医生，脚痛有管脚的医生。如果你的手指头出了问题，你当然不能看口腔科医生。可现在的情况是，处理五个手指头的医生，最后都会不一样，因为每个手指头很不一样。历史学科有时候也变成了这样一种情形，一个学科内部，也变得隔行如隔山，人们之间可能互相不太了解。

我想，这样一种专业化、碎片化的情形，其实100多年前就有了。也就是说，从19世纪后期开始，人们就在感慨，历史学家不再能够给我们提供整体历史的图景，他了解的只是其中的一小部分。可是那个时候人们对这种情况不太担心。为什么不太担心呢？因为那个时候人们还普遍相信，人类归根结底有一个整体的、统一的历史。什么意思呢？就好像我们先认定了人类的历史最后是可以从整体上了解的，只不过限于每个历史学家的精力，限于每个历史学家所关注范围的大小，他总是只能够在一个既定的领域内收集史料，提出自己的解释。用一个我觉得非常恰当的比喻，历史学家群体就好像在共同面对一个巨大的拼图游戏，每个历史学家只负责面前的一小块。但是我们大家都相信，你在这一小块做拼图，他在那一小块做拼图，有无数的历史学家做了无数次拼图，最后终归会拼出一个巨大的、完整的、有意义的图景来。

说到这儿我想起，这样一种信念特别像前些年北京办奥运会的时候，满大街都能够看到的那句标语所讲的，历史学家还是"同一个世界，同一个梦想"，他们干的还是同一桩事。可是最近几十年有一个大的变化，就是历史学家仍然在做自己很专门的、很细部的研究，然而他们不再相信，或者很多人很难再认定：我干我的活儿，你干你的活儿，最后我们干的是同一桩活儿；我们做着非常有限的事情，但我们的结果最后可以拼合成一个整体的图景。所谓宽泛意义上的后现代主义，讲的主要就是这件事，讲的就是整体的、统一的图景，那个宏大的叙事不存在了，所以碎片化就成为问题了。但是无论怎样，历史学专业化、多元化的发展还在进行当中。这种专业化、多元化，一方面是现代学术体制的要求，另一方面也是现代社会越来越多元化的反映。还有一个很现实的原因是，正在从事写作和研究的历史学家和要完成博士论文的人越来越多，所以他们要不断朝着不同的方向来做。

但是与此相并行的，我们也看到另外一种趋势。在越来越碎片化、越来越专业化、越来越细小的研究很盛行的同时，人们也分明看到了，一方面，公众有这样的需求，历史学家还是应该给我们提供一个整体的图景，让我们对人类整体历史能够有所了解、有所把握；另一方面，专业的历史学家也有很多人从不同角度来做出这样的努力,而这样的努力也开始受到人们越来越多的认可。麦克尼尔那一代人刚开始时所做的工作,恐怕当初受认可的程度,和"全球史"作为一个新兴的领域和一种新的史学研究方法在今天受到认可的程度是非常不一样的。就我个人有限的阅读而论,一方面就好像人天然是形而上学的动物,他要追寻整个世界、人生的意义一样,他也想对整个人类历史过程有所了解,这是一种不可遏制的需要;另一方面,这样一种"全球史"的发展,也的确提供了足以让我们在智力上对它高度尊重的成果。

什么是全球史?

彭刚:什么是"全球史"?其实在欧美,world history 和 global history 基本上是同义词。可是在中国我们有意识地把世界史和"全球史"分开,为什么?因为在中国,由于各种各样的原因,世界史指的是中国之外的世界历史,相当于外国史。世界史在中国不是 world history,而是 history of the rest of the world;而"全球史"是不以任何种族、任何民族国家、任何特定文明为中心,试图从整体上来了解人类历史,来对人类历史进程做出解释的一种努力。这样一种努力是否意味着,原来有人了解中国历史,有人了解东欧历史,有人了解西欧历史,我们把它们拼合起来,就成了"全球史"?当然不是这样的。它不是一个简单的拼合。怎么理解呢?我想起来,刚才主持人说清华大学是我的主场,这个主场理工科非常强大,作为一个历史学教授,我经常受到理工科老师的熏陶，有时候也借用他们的一些表述方式。我记得有一次跟一位理工科同事聊天，他有一番话对我启示非常大。他说，你考察问题的尺度不一样，你的整个参照系就不一样。他举例子，比如你要自驾车旅游，或者坐高铁，从北京到上海，你只需要考虑两点之间的距离，你把地球看作平的就行了；可是如果你要设计国际航班的航线，比如说从北京飞到波士顿，就要考虑到地球是一个球形，这样来设计航班才最合理，飞机就要从北极圈飞过。所以你考虑问题的尺度是不一样的。又比如说你考虑大尺度的天文问题的时候，甚至可以把太阳看作只不过是一个质点。我想，所谓的"全球史"，它不是一个简单的拼合，考虑问题的尺度不一样之后，它关注的要素也不一样，所以它提供给我们了解人类历史的视角就非常不一样了。

今天我们讨论的这本书叫作《麦克尼尔全球史》，其实麦克尼尔后面还应该加一个"s"，是父子俩，老麦克尼尔和小麦克尼尔，"学一代"和"学二代"，"学一代"非常杰出，"学二代"也非常厉害。我希望我们以后也有这样的"学二代"。老麦克尼尔固然很了不起，而小麦克尼尔是一个环境史家，他还有几本专著，国内已经有了译本，有的正在翻译当中。比如其中一本的副标题是"20世纪环境史"，主标题是"阳光之下有新事"。什么叫"阳光之下有新事"？《旧约·传道书》里有一句话："日光之下，并无新事。"什么意思呢？比如，研究中国史的学者会说，如果你从战国时期穿越到乾隆时代，大概是比较容易适应的。相比起来，今天在监狱里与世隔绝20年放出来，微信什么的你都不懂，手机也不会玩，适应的困难更大。欧洲史学家也经常会说，一个人如果没有语言上的障碍，他从古希腊、古罗马穿越到工业革命之前的欧洲，没有什么大问题；当然也有变化，可是这个变化不足以让他完全无法适应。可是相反，现代社会变化非常之大。什么叫"阳光之下有新事"？20世纪人类在深刻地改变地表的同时，改变了大气层，改变了人类赖以生存的家园本身，小麦克尼尔在考察这样的问题。我为什么提到这个问题呢？麦克尼尔父子要用一本中文本大概不到500页的书，来讲述整个人类的历史，他们的关注点与以往的历史学家非常不一样，比如人类与环境的互动，就成为他们关注的非常重要的角度；又比如老麦克尼尔不满意之前人们对于历史的了解，除了由于以往的人们过分从专业、狭隘的视野上了解局部的历史，他企图像汤因比一样来对整个人类历史做一番关照之外，还在于他有自己的一些视角。在他看来，不同文明、不同人群之间的相互交往、接触、交流、碰撞，是使得整个人类文明、整个世界历史发生动态变化的最重要的因素。这样一个层面，就成为他考察问题的最为核心的角度。

我想到今天为止，"全球史"发展有非常不同的模式，各种模式都有长足的进展。之所以有不同的模式，就在于不同的模式在整体考察人类历史的时候，它们的参照系，它们所选取的因素，它们用来作为解释的最主要的一些要素是非常不一样的。而这样一些要素，是从前那些更专门的、更细致的历史研究没法替代的。就好像望远镜永远不能替代显微镜来帮助你看到微观世界，可是一直用显微镜来观察微观世界的话，你也不可能看到望远镜所能够看到的更广大的世界。所以我想这几十年来,"全球史"之所以开始在很多原来对它抱有疑虑的高度专业化的历史学家那里得到认可,开始赢得智力上的尊严,就在于它的确有了一些创造性的发展,有了一些重要的价值。

"全球史"如何兴起?

刘文明：刚才彭老师谈到20世纪以来历史学出现的新问题,我想补充谈一下"全球史"是如何兴起的。实际上在西方,在欧洲,在很早以前就有了"世界史"这样的作品,在英语中是world history或universal history,在17、18世纪主要是通俗读物,在19世纪历史学职业化之后,这种东西也存在,当然它基本上都是大众化的读物,不是学术上的东西。所以世界史在西方虽然作品一直存在,但是一直作为一种大众化的通俗读物而存在。而专业的历史学研究领域是比较细的,以民族国家史为主流。这种情形一直延续到斯宾格勒和汤因比,他们开始比较宏观地考察历史。到二战快结束的时候,西方学术界以麦克尼尔为代表,同时还有好几个人,开始思考如何把世界历史看作一个相互联系、相互关联互动的整体性的历史进程加以研究和书写。

这种新的"世界史",后来又被称为"全球史"。所以宏观的历史书写早就有,但是作为一种职业化的历史书写的"全球史",应该说是从麦克尼尔时代才真正开始。也就是说,在美国和欧洲,世界史作为历史学的一个分支学科而存在，是从20世纪90年代才开始的，此前世界史写作虽然存在，但只是通俗读物，作为历史学的分支学科它不存在，从20世纪90年代开始培养博士和硕士项目之后，欧美才开始有了世界史这门学科，所以他们说的world history，也就等同于我们讲的global history（全球史）的概念。麦克尼尔对此起到了非常大的推动作用。过去西方在教学领域，大学里的历史通选课一般是"西方文明史"，从麦克尼尔等人开始才尝试用"世界史"取代"西方文明史"，作为一种大学通识教育课程。

但是"全球史"也就是"新世界史"，作为一种史学思潮发展到欧洲，发展到非西方世界，包括中国这么广大的世界范围之后，出现了一些变化。实际上我们现在要说"全球史"，什么是"全球史"一下子很难讲清楚，因为很多人开始做"全球史"的时候，他们每个人从自己不同的学科背景出发，对"全球史"的理解和对"全球史"的写作都有不同的风格。"全球史"一开始出现，从它一产生就意味着并不只有麦克尼尔这一种模式，实际上与他同时代的也有另外几位很有影响的学者，他们的路子跟麦克尼尔的路子是不一样的。比如与他同学校的学者马歇尔·霍奇森，是研究伊斯兰文明的，他也是"全球史"重要的奠基者之一；还有一位叫菲利普·D.柯丁，他的一本已译成中文的书叫《世界历史上的跨文化贸易》；与他同时代的还有我们大家比较熟悉的《全球通史》的作者斯塔夫里阿诺斯。

所以麦克尼尔是一个代表，并不是只有他一个人在做这种努力。这些人在研究的时候相互是不联系的，并没有形成一个团体，所以每个人的路子是有区别和差异的。从20世纪五六十年代以来，到七八十年代，开始慢慢形成了一个小群体，到80年代以后，就发展非常快了，出现了各种各样风格的"全球史"。当然麦克尼尔的"全球史"在这个过程当中，一直是主流。他的一个重要的观点是，不同文明之间的相互联系和互动推动了历史的发展。他的这种思想从他最早的、1948年出版的一本教材《西方文明史纲》开始萌芽，正式提出是在1963年《西方的兴起》中。到后来的《世界史》《麦克尼尔全球史》，都一直贯穿着这个思路。人类历史是一个不同群体、不同文明之间不断互动的历史进程，这是他的主要贡献，这种观点在"全球史"研究中也是主流的观点。但是"全球史"发展过程当中，还有很多其他学者，从不同角度、不同视角去进行思考。类似的如彭慕兰的《大分流》、贡德·弗兰克的《白银资本》，都是"全球史"很重要的著作。他们的研究路径跟麦克尼尔也不一样。

所以，"全球史"在众多历史学家的推动之下，到现在已经非常多元化了。还有一种趋势就是越来越微观化，我们现在可以看到各种各样微观的"全球史"，比如写棉花、土豆在世界范围内的传播，还比如大卫·阿米蒂奇研究《独立宣言》的全球史，我们可以把"全球史"研究的理论和方法，运用到很细微的个案研究，这样就出现了微观视角的"全球史"。这种研究现在越来越多。可以说"全球史"的发展到现在是一个非常多元化的状态，也变成越来越具有可操作性的实证研究。当然，即便是研究小的问题，从宏大的视野和互动角度看问题，这个没变。麦克尼尔所开创的反欧洲中心论，从互动、整体的观点看问题，这些都没有变。

把人类历史看作一个命运共同体

彭刚："全球史"是历史学新发展中一个新的领域，同时也是一种新的研究方法。我个人认为，历史学作为一门人文学科，离不开它的价值关怀，它要关心人们特别是普通人在过往的命运；它要通过观察人类在过往的命运，观察人类在过往的生活、观念、交往方式中的多样性，使得我们的心态更加多元，更加开放，也使得我们对人类将来的命运抱持一种更加善意的心态。我觉得"全球史"非常值得赞许的一点就是，在价值观方面，它关注的是人类作为共同体所面对的共同的命运。其实大家如果读这本书就会发现，在这本书的最后一章中，父子俩关注的是人类作为一个共同体的命运，而他们的心态和看法也并不完全一致。对于考察人类作为共同体的命运，"全球史"在兴起之初就有一个非常重要的特点，那就是它超出了民族国家的单位来考虑问题。我们都知道，现代世界最基本的政治单位就是民族国家，而过往历史学与这样一种格局相对应，主要关注的是政治史，是民族国家扮演主角的政治史。这样的史学当然会面临各种各样的危机和挑战，因为人类过往的经历不光是政治经历，还包括人类生活的方方面面。更主要的一点是，影响特定人群、塑造了人类生活面貌的因素是多种多样的，有很多是以民族国家作为参照系看不到的，有时它会成为你的盲点。比如说现代人类走出非洲，遍及从极地到非常炎热的热带地区，他们之间从来不缺乏相互的交流，人群之间的迁移、冲突、合作一直在发生；又比如说气候变化对人类历史影响非常之大，而气候变化显然是一个超越民族国家边界的问题；又比如说物种之间的交流，思想观念的传播，疾病病毒的流传，等等，历史学家开始越来越深刻地认识到，这些因素对人类历史面貌的形成，起到了巨大的作用。如果你把眼光局限在民族国家范围内，对这样一些问题你可能是视而不见的。

老麦克尼尔在他的宏观著述之外，有一本相对讨论比较专门问题的著作《瘟疫与人》，这里面讨论的很多问题，是接受传统训练的职业历史学家通常不会注意的。欧洲人到了美洲可以轻而易举地把印第安人赶走，变成主流人群，很大程度上靠的是他们带来的病毒。这在今天是常识了，可是几十年前并不是常识。比如《瘟疫与人》中专门谈到，西班牙殖民者不过六七百人，去打几百万的印第安土著，一开始一败涂地，结果后来他们带来的病毒，一夜之间使得墨西哥城陷入了可怕的瘟疫之中。印第安人的战斗力仿佛一夜之间损失了一大半，可是西班牙人却不受任何影响。因为病毒在适应它并产生了抗体的人群中，与在对病毒完全陌生的人群中，造成的结果大不一样。这样的一些因素是传统历史学从来没有考虑到的。比如刘文明教授刚才也提到的哥伦布交换，什么叫哥伦布交换？1492年哥伦布发现新大陆之后，新大陆和旧大陆之间、新世界和旧世界之间，人口在迁移，思想观念在传播，动植物物种和病毒、瘟疫等都在进行交换。这些交换产生了极其巨大的影响，比如说现今我国南方有些地区的人非常能吃辣，但是在这之前中国是没有辣椒的；又比如说玉米、番薯、土豆这样一些原产于美洲的物种来到中国后，原来同样的单位面积能够产出的食物产量大大增加，而且原来被认为不适合种植小麦和水稻的坡地、半干旱地区也开始被重视，摩梭人才被赶到了泸沽湖边。我记得尼采说过一句话，大意是说整个世界发生变化，不是嘭的一声巨响，而是静悄悄的嘘的一声。我们以往习惯于关注战争、革命、政变等这样一些仿佛对人类历史产生重大影响的戏剧性的场面，而真正影响人类生活面貌的某些东西，往往是在波澜不惊的状态下静静地发生的，就好像今天某些科学技术带来的变化，不声不响中却深刻地影响着人的生活方式。

所以，"全球史"的出现，不是说一批人厌倦了我们只知道越来越小的历史，所以赶紧来做综合，来提一些大的问题；不再只给你描述某一个时代，人们在某一小块地方、某一个领域是怎么生活的，我来告诉你一个更大范围内人类生活总的面貌。不光是这样，还有新的视角，它使我们关注到影响人类生活的很多新的因素。"全球史"的发展，一方面开拓了新的领域，发展出新的方法，另一方面也使我们看待过往传统历史的眼光发生了变化。我想到了我的清华同事，也是前辈师友的李伯重教授的一本新作《火枪与账簿》。这本书一方面非常好看，另一方面代表了最高的研究水平。比如他考察的时期是明清易代，说起明清易代，我们非常熟悉，会马上想起努尔哈赤、皇太极、多尔衮、吴三桂、陈圆圆、李自成、韦小宝，我们想到的是这样一些人。可是这本书里面讲的是什么问题呢？是说中国当时似乎面临着巨大的危机，可是如果放开眼光来看，除了中国，在亚洲其他地方，包括南亚、东南亚，在欧洲的各个地方，在俄罗斯，在美洲，也都出现了普遍性的危机。为什么出现普遍性的危机？因为当时是北半球的第五次小冰河期，整个气候发生变化，平均气温降低了。平均气温降低就意味着，人们在原来的土地上无法生产出满足原来人口规模的食物，这时候，不管是什么人，采取什么举措，都注定了要在既定的这个大格局中来应对这种变化。又比如明清易代之际，发生了很多战事，如果你从"全球史"角度，从新的兵器的发展和使用以及在全球范围内的传播来看，对于具体战事的了解又会有不同之处。所以说，"新世界史""全球史"这几十年的发展提供的成果是多方面的，它不仅使得我们开始觉得，真的有可能从更宏观的角度把人类历史看作一个命运共同体，也使我们在观察过往，在关注无论是比较大还是比较具体而细微的问题的时候，眼光会发生变化。而历史学的生命就在这儿，即便面对的是同样的事件、同样的材料，我们的眼光不一样，我们投射在它上面所看到的东西也都会不一样。所以从这样一个意义上来说，每一代人都有自己的历史学，就像克罗齐说的，一切历史都是当代史。

刘文明：刚才彭老师讲了这些，我也想到在"全球史"兴起之后，对于传统史学的很多老问题的研究出现新视角的例子。比如说"全球史"兴起之后一些学者提出来，为什么在人类社会发展当中，美洲和非洲发展慢一些，欧亚大陆发展得快一些？一些"全球史"学者认为，当人口迁徙是横向的、同纬度迁徙的时候，由于环境相似，生产、生活方式很多也是相似的。这个地方人吃的东西在与其同纬度的地方也可以种，容易传播技术；但如果是垂直迁徙的话，由于不同纬度的气候是不一样的，这个地方种植的作物，在那个地方是不能种的，食物栽培就出现了问题。而恰恰在历史上，非洲和美洲的人口迁徙是南北的迁徙，这种迁徙阻碍了技术进步，不像欧亚大陆多是东西向的流动，有利于不同人口相互学习、技术提高和社会进步。这些设想我们过去是不太注意的。同样地，麦克尼尔在《瘟疫与人》中曾经提到，为什么中华文明最早起源于中原地区，然后不断往南迁徙，开发江南？为什么开发江南这么慢？这跟我刚才讲的南北迁徙是一个道理，北方人往南到气候炎热的地方，环境不一样，病菌不一样，是很大的障碍。所以他认为中国江南开发缓慢的很重要的原因，就是不同纬度的因素在起作用。当然要论证他说的对不对，需要用大量证据说明，他提出的是一个假设。

又比如欧洲人殖民，到美洲很容易殖民，占领大量的土地。实际上他们首先到达的地方是非洲，非洲那个时候也是属于部落社会的状况，完全可以殖民，但为什么没有呢？因为欧洲人一到非洲就"打摆子"（患疟疾），疾病、病菌、气候很不一样，欧洲人适应不了，这就是生态环境的影响，一直到在美洲发现金鸡纳树，最后到在东南亚种植，作为防治疟疾的药品，欧洲人才敢去非洲。

彭刚： 在我个人对"全球史"的有限阅读中，我得到的一个启示是，跨学科的知识结构，超出单一学科之外的知识素养，对任何学科，包括历史学来说都太重要了。前一阵非常火的《人类简史》这本书，那位作者就特别善于把很多已有的研究成果、很多学科的知识，组合到一个你读起来很愉快、很容易接受的文本当中，这当然也是一个非常了不起的本领。刚才提到，"全球史"有很多种模式，其中很重要的一种模式，是从生物学、地理学这样一些角度，来对人类整体的命运提出解释，来解释大的历史脉络，这中间当然有不少是历史学家所做的努力，也还有一些主要身份不是历史学家的人所做的贡献。比如在中国也有很多读者的、《枪炮、病菌与钢铁》一书的作者贾雷德·戴蒙德，他本来的身份是一名演化生物学家。你现在打开世界地图会清晰地看到，世界各大区域中，欧亚大陆对于人类文明的发展，以及如今在整个世界的格局中，占有着特别重要的特殊地位，今天的美洲和澳洲可以被看作欧洲文明的延伸。为什么如此？从前的解释很多流于人种和文化的优越论，比如认为有的人种就更适合于长跑，更适合跳桑巴舞，而不适合从事创造性劳动；又比如，认为某些文明就更有进取心而更有创造力。而戴蒙德的解释非常简单，他讲对于人类文明的发展来说，非常重要的一步是什么？农业和畜牧业的发明。它有什么前提？要有可供驯化的物种。直到现在为止给人类提供了绝大部分热量的植物物种是什么？就是小麦和水稻。直到现在为止给人类提供肉食和乳品的是什么？牛、羊、猪。在人类历史上起过非常大作用的，既能够给人提供肉食，又能够变成劳动力，又能够成为作战和运输武器的是什么？也就是牛和马。而这样一些物种在各大陆最初的分布是极其不一样的，也就是说，每块大陆在物种禀赋方面的天然差别是巨大的，这一点很大程度上决定了它们将来对人类文明整体的贡献。所以还是回到刚才的看法，就是说，一方面全球的眼光、超越欧洲中心的眼光、超越民族国家的眼光，不光使我们获得一个望远镜，还使我们提出问题、观察问题的方式不一样了；另一方面，复合的知识结构，自觉的跨学科的知识素养，也是现代知识创造在各个门类中的一个共同的特点。

刘文明："全球史"作为史学的一种思潮和流派，也为历史研究增加了很多新的研究领域。大家都知道"全球史"是在全球化背景下兴起的，事实上全球化的很多问题也就成了全球史研究的对象，尤其是这些问题我们过去历史学界是不太注意的。比如，超越民族国家的一些国际组织，尤其是非政府组织，现在这种组织数量非常多。但是我们历史学界在过去对此几乎是很少涉及的。这种跨越国家边界的、不是政府行为的社会组织，它是怎么发展起来的？它怎么样影响到国际政治，影响到人们生活？这些都给历史研究留下很大的空间。大家知道在历史学之中，跟"全球史"并列的还有一个概念是跨国史，实际上跨国史在某种意义上说也是"全球史"的一个流派或分支。以入江昭为代表的跨国史研究，比较注重强调研究跨国的非政府组织，尤其是第二次世界大战以来，在整个全球化背景之下，国际组织的影响越来越大。实际上这种历史研究的领域我们过去是没有太注意到的，所以"全球史"的发展，实际上给历史学增加了很多新的东西。还有杰里·本特利，《新全球史》的作者，他很大的一个贡献是继承了麦克尼尔不同文明之间互动的观点，提出了跨文化互动的概念。从跨文化互动研究世界历史这个角度，也是我们过去不太注重的。不管我们过去研究的是文化交流史还是国际关系史，传统方法都是以国家为本位。现在从全球史、跨文化角度来讲，不管是什么交往，你要关注的是互动双方不同文化背景所带来的影响，因为不同文化的人，对同样一个东西的理解是不一样的，包括商品流动，包括人员流动、技术传播、观念传播等等。实际上这是跨文化当中的本土化，这些东西在历史学研究当中要慢慢考虑进去，是对过去研究的一种补充。

我自己做过一个关于1918年大流感的个案研究。西非的尼日利亚，现在是木薯生产大国，在1918年之前不是这样的，尼日利亚人的食物原本主要是山药，后来改成木薯。实际上山药的营养和口感都比木薯要好，为什么改成木薯？就是因为种山药花费的劳动力更多，而种木薯简单一些，不用怎么栽培管理。由于当地很多年轻劳动力死亡，缺乏劳动力，所以才改种木薯。当地劳动力为什么大量死亡？就是因为当时尼日利亚是英国殖民地，英国的海军到达港口以后，把流感病毒带了过来。事实上英国人带来的流感也不是发源于英国本土。这个流感最早发生在美国，美国在1917年参加第一次世界大战时派军队到法国跟英国军队并肩作战，把病毒带到了欧洲，传染给了法国和英国的军队，英国军队又将其带到了西非的尼日利亚，结果导致当地大量青壮年死亡。所以当地人不得不改种木薯，一直到现在尼日利亚都是木薯生产的大国，其根源是美国发生的流感导致世界性的流行。从"全球史"的角度来思考我们过去没有想过的事，这是很有意思的。这类案例很多。

启示:"移情"与"想象力"

刘文明: 下面回到麦克尼尔这本书,因为我们今天很重要的主题是"全球史"的书写,这本书给我们一个很大的启示就是怎么去写"全球史"。历史书写在过去有一个传统的非常重要的方法叫作移情,你写历史人物和历史事件,要进入当时的状况下理解当时的情境,不能用现在的观点、价值观和经历去讲那个时候的事。但是"全球史"兴起之后,这种方法不太管用了,因为它写的不是一个孤立的、个体的人和事件,而是从宏观视野讲有关联性的很多东西,这个角度的移情是非常困难的,往往有一种跨文化的障碍。尤其我们研究外国史,你说我研究非洲要理解非洲人,研究美洲要理解美洲人,这是有一定文化障碍在里面的。"全球史"更是如此。麦克尼尔讲的是网络发展的历史,这是需要想象力的。所以"全球史"书写的想象力不同于我们过去移情的想象力,后者在某种意义上带有文学的色彩,是一种诗性的东西。那么"全球史"更多地需要一种关联性、逻辑性的想象,世界怎么从小范围的网络发展成为大范围的、更加紧密的网络,这是需要想象的。麦克尼尔在这本书中对他过去所写的《西方的兴起》的突破是什么呢?过去是以文明为单位,讲不同文明之间是互动的,而现在这本书里几乎放弃了以文明为单位,而是以关系为单位,研究的是关系,是网络关系。所以他这种研究方法也受到了社会学、人类学等其他学科的影响。这是这本书从方法论意义上对历史写作的启示。

彭刚: "全球史"不仅是在考察的范围、规模、时段上前所未有的扩大，而且在提出问题、考察问题的范畴上都发生了非常大的变化，刘文明教授刚刚用了"想象力"这个词，我非常赞同。想象力是非常重要的能力。在很长一段时间，"想象力"在中国历史学界是一个禁忌，是不能说的。我印象非常深刻，有一次我参加一个有很多著名历史学家参加的会议，有一位我非常崇敬的历史学家提到，余英时先生的某一本著作，好就好在充分展示了一个出色的历史学家应该具有的想象力。后来有一位也很知名的历史学家暗中回应了这句话，说我只知道有一份材料说一份话，是没有什么想象力的。也就是说，在后者看来，讲想象力只是乱了历史学的家法，真正严谨的历史学者，应该对想象力保持足够的警惕。其实我想，这就看你对想象力怎么理解了，如果你是无中生有的想象力、天马行空的想象力，那是另外一回事。可是如果你把想象力理解为，我是不是可以从别的视角提出问题，我是不是可以转换我的眼光解决这个问题，我是不是可以在史料构成的证据链不够的时候，对整个事情的可能性做出推断；如果你对想象力做这样的理解的话，恐怕和别的学科一样，历史学最出色的研究者也必须展现出第一流的想象力。而我们传统的历史学训练恰恰过多地压抑了这个层面。

另外文明老师提到，传统历史学重视的是移情，对于"全球史"来说移情不重要了，这个我也赞成。为什么传统历史学重视的是移情，因为传统历史学主要的内容是政治史，而且这个政治史，主要是重要人物做出取舍和选择的历史，因此你关注的是项羽为什么不把刘邦干掉，荆轲最后为什么没有刺成秦王，你关注的是这样一些事。你关注的是这些事,你当然要设身处地地设想。无论是从古希腊的修昔底德还是从西汉的司马迁开始,一直到现在,历史学家都强调设身处地地替历史当事人做出选择,来代替他设想。可是历史学本身,特别是现代历史学的发展是多元化的,可以有经济史、社会史、家庭史、心理史等等。历史学家关注的可以是事件,可以是结构,他研究的方法可以是高度社会科学化的,甚至可以是自然科学的方法,也可以保留传统的政治史那样一些视角。所以在这个问题上,我倒觉得史无定法。或者说历史学有太多的方法,凡是各种人文社会科学能够采用的方法,历史学都不妨敞开自己的怀抱尽情地学习,而不必担心它因此变得不是历史学了。它不会变得不是历史学了,它只会使其他别的学科更多地受到历史学的熏染,从而变得多少开始具有历史学那样厚重的历史维度和时间维度。

(原载北京大学出版社"博雅好书"微信公众号,2017年5月23日)

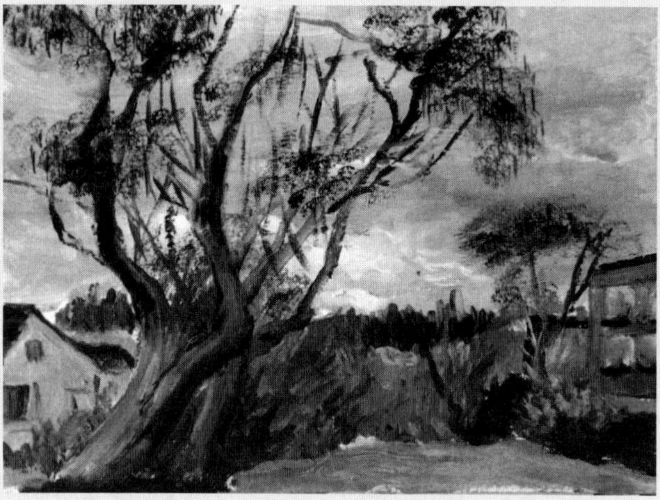

历史学家的境界
——从"一切历史都是当代史"谈起

意大利的克罗齐(1866—1952),与英国的柯林伍德同为20世纪初期西方最重要的史学理论家,他在哲学、美学和历史学等多个领域,也都产生过广泛的影响。朱光潜先生的美学,在很大程度上就脱胎于克罗齐的美学思想。如今,克罗齐的学术成就中依然保持着足够的影响力和活力的,恐怕还得首推他的史学理论,尤其是他那个著名的命题——"一切历史都是当代史"。

克罗齐的哲学立场可以归为绝对的精神一元论。在他看来,只有精神才是唯一的实在,对于精神而言,就如同对于神学中的上帝而言,寻常那种过去、现在和未来的时间划分,就都丧失了意义,有的只是"永恒的现在"。从这样的立场出发,"一切历史都是当代史"就成了当然的结论。

撇开这样一种纯粹哲学层面上的推演不论,我们可以从常识的角度，来对克罗齐这一命题在几个层面上的不同蕴涵进行解读。

克罗齐在提出"一切真历史都是当代史"的论断之后，做了这样的解说："唯有当前活生生的兴趣才能推动我们去寻求对于过去事实的知识；因此那种过去的事实，就其是被当前的兴趣所引发出来的而言，就是在响应着一种对当前的兴趣，而非对过去的兴趣。"在现代史学职业化之后，历史学家们总是倾向于认为，历史学的研究和其他学科一样，应该以求知为目的；就历史学而论，就是要帮助我们对于人类的过去有着更多的了解和把握。无论历史知识可能有着什么样的功用，历史学家的工作都应该以还过去以本来面目为目的，而不受现实需要的影响。但克罗齐这一命题最为显著的内涵就是，历史学家总是从现实生活中的关切出发，来将自己的目光投向过去的。比方说，大概没有历史学家会提出并试图解答这样一个问题：1800年，北京城里第一个寿终正寝的人是谁？然而，曹雪芹的身世究竟是怎样的？贝多芬的耳聋以及当时钢琴制造工艺的进步如何影响了他的创作？诸如此类的问题，却往往会引起人们的强烈兴趣。这是因为，我们今天还在读曹雪芹，还在听贝多芬，还在沉浸于《红楼梦》带给我们的诸多人生感喟，还在为贝多芬音乐中"扼住命运咽喉"的强大意志和温婉细腻的情感体验的奇妙组合所深深触动。历史学研究的是人类的过去，确切地说，只有人类过去中留下了痕迹（文字记载、考古发现、宫室器皿等）的那些部分，才是人类有可能去了解的。然而，即便我们可能研究的过去只是人类全部过往中的一小部分，汗牛充栋的文献和各种历史存留物，却是历史学家皓首穷经也只能把握其中的沧海一粟的。历史学家从来不会是史料的被动接受者和考订者，他终归总是由现实生活中的各种因素所触发，将自己的目光投向原本一片暗寂的过去中的某个角落，从而使其获得光明。"一切历史都是当代史"，往往被人解读为具有让历史服务和服从于现实的实用主义色彩，却并非克罗齐的题中应有之义。

　　人们在谈到历史的功用时，总是强调，不了解历史，也就无法了解现实；不了解过去，也就无法了解当前。其实，反过来也可以说，缺乏对于现实和当前的把握，对于人间世界的变化运作没有深切的体会，我们也难以达到对于过往和历史的深入把握。于是，"一切历史都是当代史"还意味着，如同后来年鉴学派的诸位大师所强调的，不仅是要通过过去理解当下，而且要通过当下来理解过去。以描绘人类各主要文明发展轨迹的鸿篇巨制《历史研究》而闻名的汤因比，就曾回忆说，只是在经过第一次世界大战的硝烟之后，他才真正读懂了修昔底德的《伯罗奔尼撒战争史》。陈寅恪也说，自己是在抗战初期，"苍黄逃死之际，取一巾箱坊本建炎以来系年要录，抱持诵读。……然其中颇复有不甚可解者，乃取当日身历目睹之事，以相印证，则忽豁然心通意会。平生读史凡四十年，从无似此亲切有味之快感"。和其他众多学科门类不大一样，历史学从来就很少是少年天才纵横驰骋的疆域，其中一个重要的缘由，或许就在于历史学家必须具有丰富的现实人生的体验，才能对过往人类所面对的种种处境，他们所经历的灾难、痛苦、选择和欢欣，获得深切而不隔膜的把握。昧于哲学思维者无法写出一部真正的哲学史，完全不解艺术之美为何物的人，也无法写出一部真正的艺术史。在对过往传统毫无温情与敬意的人那里，19世纪浪漫派对于中世纪所怀有的那种"乡愁"就会显得不可理喻。一切历史都是当代史，其中的一层含义就是，历史学家要以自己的精神世界和人生体验融入和领会他所要探究的历史世界。

历史学研究的是过去。一方面，过去的人和事已然一劳永逸地消失，研究过去的历史学家不可能像化学家和物理学家那样，直接观察和重复实验自己的研究对象，而是凭借种种史料，在自己的头脑中重演过去的某个片段或某个层面。作为一次性的、不可重复的历史场景的"鸿门宴"，已然消失在过往的时空之中，后世人们心目中的鸿门宴，是人们通过史料证据而在内心重建起来的。历史研究归根结底，乃是历史学家在其当下的思想活动和精神劳作中重建过去的一种努力。另一方面，这个过去不是一成不变的、僵死的过去，而是活生生的过去。过去的人和事消失了，但其影响还在，还在不断地介入到我们的现实生活，我们还在听贝多芬，看《红楼梦》，还在感受200多年前那场法国革命的余响，还在为儒家伦理与社会发展的关联论战不休。我们对这些东西的理解和评价，也无可避免地受到社会发展和时代变化的影响而与时俱进。"一切历史都是当代史"，理所当然地也就包含了这样的内蕴：从特定角度而言，过往历史是史家当下精神活动的产物；而真正鲜活的过去，总是渗入当下，投射着当下。

（原载《北京日报》2013年4月27日）

建构史学知识共同体的精神家园

现代保守主义思想的鼻祖柏克在其攻击法国革命时，提出了一个重要的观点：政治生活纷繁复杂，政治处境千变万化，而政治家所要做出的抉择常常不是在善与恶之间，而往往是在更大的恶与更小的恶之间、无法共存的善与善之间来进行的，因此，任何企图单凭理性的建构来改造社会的抽象理论，就终归都是站不住脚的。有趣的是，这样一种表面上最彻底的反理论的姿态，恰恰构成后世保守主义最核心的理论立场之一。历史学是一门经验性的学科，在其漫长的发展历程中积累和成就了自身的学术规范和史家技艺。历史学也因而在很长一段时期当中，是各门学科中似乎最天然地就有着反理论的倾向的。即便在各种"新史学"的领域、方法和研究取向影响到历史学家的实际工作时，很多人也都会朴素地保持着一种"草鞋无样，边打边像"的心态。究其实而论，反理论或漠视理论终究也是一种理论姿态。在柯林伍德的

《历史的观念》所批判的两种历史学中,强行将丰富生动的历史事实纳入思辨框架的鸽子笼式的历史学,固然是将理论模式笼罩在经验事实之上,另外那种"剪刀加糨糊"式的实证主义的史学观念,也即传统史家通常所认同的观念,也未始就没有其理论前提。其中的两项要素乃是:存在着真实不妄的过去,并通过严格勘订过的史料将其保存下来;历史学家的工作,就是客观中立、不偏不倚地揭示史料中所包含的事实,而各种事实之间的关联及其意义也就自然得以彰显。这里关键的问题不在是否有理论,而在对于这些理论前提有无充分的自觉和意识。

任何一门学科的进步,都离不开对本学科自身的理论预设的不断反省。没有对"两点之间直线最短"这一"公理"的质疑,就没有非欧几何的诞生;没有对"天似穹庐,笼盖四野"的人类共同直观感受的反思,地心说就会永远是不言而喻的"真理"。事实上,史学史上的第一流史家们,从来就不缺乏对于史学观念的自觉反省。没有理论关照的史料堆砌,永远无法成就通达"天人之际""古今之变"的"一家之言"。曾经对后现代思潮大加挞伐的20世纪后半叶英国声名卓著的史家埃尔顿,在其《历史学的实践》一书中曾明确地说过:"历史研究不是研究过去,而是研究过去所存留至今的痕迹。如若人们的所说、所思、所为或所经受的任何东西没有留下痕迹的话,就等于这些事没有发生过。"吕思勉先生在1945年出版的《历史研究法》中也说过这样的话:"真正客观的事实,是世界上所没有的……其能成为事实,总是我们用主观的意见,把它联属起来的。"这两位人们眼中20世纪中西传统史学的代言人,在这里所表现出来的理论自觉和反省精神,恐怕倒真会让不少人刮目相看。

史学理论必须关注史学实践,有效地解说史学史和史学实践中出现的各种现象和问题,并反过来激发史学实践,才能焕发出旺盛的生命力。从黑格尔到汤因比的思辨的历史哲学,固然是很多职业史学家不以为然的。分析一路的史学理论,将研究重心从历史过程转移到对历史知识性质的考察,似乎与历史学本身的联系要紧密得多。然而,无论是亨佩尔一路的覆盖率模型(即认为任何历史解释都必须明确地或暗中地援引普遍规律才能达成),还是继承柯林伍德传统的德雷一路的逻辑关联论证(即认为只有将历史上行动者的作为视作某种意图的表达,才能对其做出有效解释),都因为过于关注哲学论证而被历史学家认为与自身的研究实践距离甚远。乃至有一段时期,著名的史学理论权威刊物《历史与理论》的读者中,哲学家的比例大大超出了历史学家。20世纪70年代以来,叙事主义的史学理论兴起,这一将焦点置于历史学家工作的起点和终点——历史文本——的理论范式,为将史学实践中的诸多问题纳入理论反思提供了新的平台,从而也使得史学理论这一在安克斯密特看来当时已然快要被人遗忘了的领域重新焕发了生机。与此同时,历史学的理论自觉也提升到了一个前所未有的高度。即以帕拉蕾丝-伯克2002年问世的《新史学:自白与对话》中所访谈的九位当今欧美学界享有盛名的史家而论,除剑桥思想史家斯金纳被公认为具有出色的理论思辨的能力,金兹堡与叙事主义史学理论领军人物海登·怀特有过直接的论战之外，其余史家即便对怀特等人的理论立场不以为然，也大都对当代史学理论的成就和趋向并不陌生。

作为国内唯一一家史学理论领域的专业学术刊物，《史学理论研究》对于推进这一领域的学术发展所做出的巨大贡献毋庸置疑。就我个人而言，由对史学理论发生浓厚兴趣，到将这一领域作为自己主要的研究方向，都离不开这份杂志的影响。同很多同行一样，我对《史学理论研究》杂志有着特殊的亲近感和感恩心。对于《史学理论研究》如何在现有成就的基础上，百尺竿头，更进一步，继续提升自身的学术质量和学术影响力，我也想借此机会，提出自己的一孔之见。

其一，历史学的发展离不开史学理论的发展，《史学理论研究》可以更加积极地促进二者之间的相互推动，从而使得杂志本身的影响力更多地超出史学理论专门领域的从业者，而及于各个不同领域的史学界同行。一方面，史学理论问题意识的产生，离不开对于史学实践的关注，对于史学实践各种现象的解说，往往成为史学理论取得新成就的重大契机。另一方面，史学实践也往往可以由理论关照获得新的视角和取向。正如同史学史研究中最精彩的篇章，有时会来自史学史研究者之外的政治史家、社会史家或经济史家的"客串"之作，史学理论中的洞见，也往往会见之于实践的历史学家对自己关注的研究现状的深入反思。说到这里，我联想到的一个例证是，胡宝国研究员在评论田余庆教授的《拓跋史新探》时感慨说，后者的研究把我们原本熟悉的历史现象及其解释变得陌生了。具体史学研究领域中生发出来的如此鲜活而敏锐的感受，撇开其与当代史学理论中某些观点（如安克斯密特的相关讨论）的"暗合"之处不论，无疑是值得专门的理论工作者高度关注的。《史学理论研究》杂志不妨有意识地邀请不同领域的优秀学者结合其专业范围内学术论辩和学术进展的实际，进行专题讨论。这样的研讨，能够让具体历史问题的研究者更加注重研究实践中蕴涵的理论问题，也会令专业的理论工作者获得对于史学实践更加清晰的感受，从而提升杂志对于整个史学界的影响力。

其二，一份权威的专业学术刊物，应该成为本领域最新、最重要的学术进展的权威信息来源。"书评"栏目是承担这一功能的最有效的载体。国际重要的学术刊物的"书评"栏目都会受到研究者的特别重视，正是因为这一缘故，我很赞同别的学者的建议，杂志应该更加及时地反映国际史学理论领域最新的动态。与此同时，在我看来，杂志还应该，也完全有能力做到一点，那就是对国内该领域最新的进展，包括研究、翻译、引介的成果，都能全面而较为深入地反映出来。增加书评的篇幅，提高书评的质量，当是可行而有效的手段。

《史学理论研究》已步入壮年，我期待着，她在引领史学理论学科发展的同时，能够更进一步成为全部史学知识共同体的精神家园。

（原载《史学理论研究》2010年第3期）

如何从历史记忆中了解过去

对古埃及文明了解甚少。没有亲眼见过的金字塔，以及在域外的数家博物馆看到过的古埃及的大量文物，只给我留下了一个强烈的印象：古埃及人活着的时候，似乎全部劲头都用来思考和应对死亡了。近日来华讲学的德国知名的埃及学家、文化记忆理论的奠基者扬·阿斯曼（Jan Assmann）的一席话，倒似乎是印证了这一点。在阿斯曼看来，古埃及人全部活动的中心议题，归纳起来无外乎两个："如何得到后人永久的回忆"和"以什么样的形式记忆先人"。

死亡让所有的生命，不断地成为过去。寻常情况下，过往人们的所思所想、所作所为，难免坠入忘川。正像济慈的诗句所云："人的一生，不过是把名字写在水上。"被人遗忘是自然的，被后人的记忆所眷顾，反而是特殊的和异常的。可是，"人过留名，雁过留声"，想要被别人想起、被后人记住，又仿佛是人心中最常见不过而近乎本能一样顽固的愿望。在中国，要按《吕氏春秋》的说法，夏禹的时代，就开始了"功绩铭乎金石"的传统。在古希腊和古罗马，从神庙到墓地，从城市到山间，到处都有各种各样的碑铭，要让自身的成就在后人的记忆中获得永恒的存在。

近年来，"历史记忆""社会记忆""文化记忆"这样一些概念，在学界和更加宽泛的文化生活中成为热点。在历史学界内，甚至有人称之为"记忆的转向"。这一现象的出现，与"自下而上的史学"的兴起颇有关联。历史学开始更多地关注普通人在过往生活中的经历，关心他们吃什么样的食物，他们的穿着如何，他们日常活动的范围，彼此交往的方式，他们的家庭生活，他们怎么看待性和死亡。一句话，历史学开始重视人们生活在某个特定的过去是什么样的情形。尽管史学观念的变化，大大拓宽了史料的范围，绘画、墓志、账本、教会名册、法庭审判记录等等，都成了史家收罗考察的对象，但过往历史上，更有能力和机会留下自己活动的各种痕迹的，毕竟不会是"沉默的大多数"，比之精英而言，要追索民众的过去，终究还是更多史料不足的缺憾。可是，如果探究的对象是距今未远的时代，不就有着当事人对其经历的鲜活记忆可以凭借了吗？"讲述老百姓自己的故事"的口述史（oral history），就是由此发展起来的。

常识上，我们总觉得，人们对于自己过往的经历，固然也有"事如春梦了无痕"的情形，但是，它们一旦进入了人们的记忆，就得到了保存。记忆的内容就仿佛储存在仓库里的物品，虽然难免会有磨损甚至朽烂,但不管怎样,人们的记忆总是或多或少地保存了过去的真相。当然,如果你想从记忆中知道过去真正发生了什么事情,那你对于人们的记忆需要保持警惕。可千百年来积累下来的历史学家法和技艺中的很大一部分,就是对文字史料的勘定稽核。文字史料和记忆,不也一样要经受历史学家的考验和拣选吗?

最早从事口述史的人们,大致就有着这样的期待:过去的经历就尘封在采访对象的脑海深处,等待着被人唤醒。可是,几乎是在同样的时间、不同领域、不同国度的口述史的实践者们,都发现了同样的现象,让人们很难再继续以这样的方式来看待记忆。人们发现,即便是在没有理由怀疑受访者主观用心的情形下,也可能出现各种各样出人意料的情形。有的时候,受访者会把他在事后才可能得知的信息,掺杂到自己对特定往事的回忆之中;有的时候,受访者把自己在不同时段、不同经历中的各种元素,重新组装成了一桩实际并未发生的事情。脑科学和心理学对记忆的研究,更多地揭示了记忆作为人们应对当下的工具的一面。口述史的实践似乎也印证了这一点。人们往往在对往事的讲述中,有意无意地抬高自己的地位,过度强调自己所扮演的角色。他们常常把自己解释得清白无辜,而让别人承担更大的责任。而且,就同一件事情采访同一个当事人时,不同的询问方式或者不同的采访时间,都会导致不同版本的回忆。

一个有趣的事例,出现在意大利学者博特尼(Alessandro Portelli)的研究中。1949年,意大利一家钢铁厂的一名工人,在参加反对意大利加入北约的游行示威活动时，在冲突中被警察枪杀。可是在20年后博特尼对诸多亲历者的采访中，很多人把此事记错了，将事情发生的背景，记成了是在1953年反对资本家解雇和开除工人的抗议活动中。美国心理学家奈瑟（Ulric Neisser）则专门研究了"水门事件"后尼克松身边一个白宫工作人员狄恩（John Dean）在参议院做证会等场合提供的证言。与别的研究相比，奈瑟的研究有着一个得天独厚的条件，狄恩所回忆的诸多场景，都有着当时留存下来的录音带可供比对。两相对照，很容易发现，狄恩的证言，常常会把事后甚至是"水门事件"成为公众关注的丑闻后才可能得知的信息，合并到他对当时发生的事情的记忆中，也经常把本来处于边缘位置的自己的作用加以放大。记忆如此靠不住，让我们想要从中找寻过往真相的企图大打折扣，当然让人沮丧。可是，事情还有另一面。比如，博特尼就发现，比起把枪杀事件和北约联系起来，工人与资本家、与作为资本家代理人的国家的对抗，对受访者来说，才是更加广泛、更有意义的经历，也更能把他们战后的经历解说为融贯的一体。人们对往事的记忆会受到当下的影响，要服务于当下的需要。博特尼得出的结论就是，口述史料告诉我们的，不仅是人们做了什么，而且还有他们想要做什么，他们相信自己在做什么，以及现在他们认为自己做了什么。美国犹太裔历史学家彼得·诺维克（Peter Novick）对有关大屠杀的历史记忆的研究，也很可佐证这一点。

诺维克曾经写过《那高尚的梦想："客观性问题"与美国历史学界》那样一部精彩纷呈的史学史著作，他另外一部著作《美国生活中的大屠杀》(此书的欧洲版另有一个书名《大屠杀与集体记忆》)也写得才华横溢。大屠杀发生在第二次世界大战的后半段，可是纽伦堡审判结束之后，战后很长时期，无论是在德国还是在欧美其他国家，大屠杀很少被人提及，有关大屠杀的记忆，在施害者、受难者、旁观者那里似乎都被湮没了。我自己去年听过一位研究大屠杀的法国犹太裔女学者的讲演，她就谈到，自己的亲人中有不止一位大屠杀的遇难者，可在从小到大的成长过程中，她从来没有听到自己的父母说起过这个话题。大屠杀成为热点问题，有关大屠杀的纪念馆、各种形式的纪念物、电影、图书大量出现，见证者的言说被人采集和倾听，这一现象，主要是在20世纪80年代之后的美国发生的。诺维克的著作想要讨论的一个话题就是，对大屠杀的记忆成为热潮，为何是在"此时"——距离大屠杀的发生已经40余年，在亲历者已经风烛残年、日渐稀少之时？为何是在"此地"——不是在大屠杀发生地的大洋彼岸的欧洲，而是在美国（犹太人占美国人口总数不过2%左右，其中与大屠杀有直接关联者更是为数甚少)？粗略说起来，对于有关大屠杀的记忆在二战之后沉寂多年，诺维克提供的解释因素与别人并无太大分别：二战结束不久，分裂的东德和西德分别成为冷战中两大敌对阵营中的成员，国际政治的格局让大屠杀的话题变得不合时宜了；精神分析学说让我们知道，人们总是倾向于压抑难以承受的创伤记忆；作为受害者的犹太人对于自身遭遇的屈辱感，让他们觉得难以启齿；等等。但诺维克对后来的大屠杀热潮的解说，倒是引起了犹太人群体的反弹和愤怒。在他看来，华盛顿的大屠杀纪念馆、波士顿等地的大屠杀纪念碑、众多的纪录片和音像材料所象征着的这个热潮，其产生的原因当然很复杂。比如，从前的美国文化向来是崇拜西部牛仔一般的英雄硬汉的，可后来有一种将社会政治劫难的受难者在道德上纯洁化、偶像化的受难者文化（victim culture）逐渐得势，这就使得大屠杀受难者的形象，不再具有让人尴尬或者产生耻辱感的成分了。诺维克更加强调的是，此时的美国，在犹太人的社会政治影响力前所未有地强大的同时，犹太人群体的身份认同却遭遇到了前所未有的危机。离开故土、离散了2 000年的犹太人，是靠着对自己的宗教和文化传统的顽强依附，靠着自己的血缘纽带才维系了犹太民族的身份认同的。而如今，宗教和文化传统在日益世俗化的社会中，越来越难以充当有效维系犹太人群体的因素；19世纪以来曾经激励过众多犹太人的犹太复国主义梦想，在以色列建国以后也不复具备它从前的功能；越来越普遍的与异族的通婚，使得犹太民族的血统也越来越混杂。这一切不免让一些犹太人忧心忡忡，到了担心犹太民族会最终融化消失、让希特勒功成于身后（posthumous victory）的地步。在诺维克看来，犹太教信仰、犹太文化特征和犹太复国主义，都无法支撑当下的美国犹太人群体的身份认同。这个时候，他们唯一的共同之处是，如果不是他们的高祖父母、祖父母，他们的上一辈移民美国的话，他们就会同样经受欧洲犹太人的命运。"这就成了那个不断被重复而在经验上又相当可疑的口号'我们是一体'的历史基础。"在诺维克看来，对大屠杀的历史记忆成为美国生活中的热潮，是因为它成了20世纪后期美国犹太人身份认同的唯一共同指标,而且,这样造就的历史记忆未必对美国犹太人群体、对以色列就有利。可以想见,诺维克这样的论点,当然会在犹太人群体中引起轩然大波,足以让他被有的人视作犹太人内部的叛卖者。诺维克的论点未必就能被很多人完全接受,但他却有力地表明,记忆与当下的相关性,不亚于它与过去的相关性。

简单地说,对于历史,人们可以有两种不同的看法。一种是过去不断累积变化,以至于现在、当下乃是过去的结果;另一种则可以借用克罗齐著名的命题"一切历史都是当代史"来表达,那就是,过往的历史是一片幽暗,只有当下的关切和兴趣,才有如探照灯一样,照亮那片幽暗中的某个部分、某些面相,过去在很大程度上是被当下建构出来的。对于记忆,也可作如是观。人们经历和经验了过去,他们的记忆就是过去的经历遗存到了现在,是过去经历留下的痕迹,这是一种看法;另一种看法则是,记忆是人们从当下的视角出发,受到当下诸多因素影响的、对于过去经历的建构。法国社会学家哈布瓦赫堪称研究记忆问题的先驱而很久之后才受到重视。他就最直白地断言过:从过去剩下来的,只是从当下的角度能够建构起来的东西。记忆和当下的相关性,可以找到太多的例证。一份对早前巴黎面包师的口述史研究,关注的是他们对当年的学徒生涯的回忆。后来自己也成了面包坊主人的"成功人士",往往乐于把当年的艰辛看作后来成功的必要代价;未能"成功"的,则更多地记得当年的辛劳、屈辱和辛酸,把这看作人生经历社会不公平的开端。中国的类似情形,也可以在知青的回忆中看到。声称"青春无悔",知青经历帮助自己磨炼意志、了解国情的,大致都是如今人们爱说的各领域内的"人生赢家";而对于该上学时下了乡、返城以后失了业("待业")、有了饭碗却又下了岗的更多数人来说,或许那更是一连串人生不如意事中的一环。

人们对于过往的记忆,究竟是"遗存"还是"建构",目下的潮流,似乎更偏向后一种视角。阿斯曼夫妇则更多地强调,记忆是过去对现在发出的呼唤。这个说法,在我看来有着双重的内涵。一方面,记忆中毕竟有着过去留下的痕迹,即便扭曲和变形难以避免,记忆帮助我们了解过去的功能,终究不能取消,也无可替代;另一方面,记住过去,既是人类文化得以延续和发展的前提,又是后人对前人所负有的道德义务。换言之,这其中既涉及记忆的真实性、记忆对于历史学了解过去所具有的价值,又涉及与记忆相伴随着的伦理问题。

就着这个话题,我们再回到纳粹对犹太人的大屠杀。目前,世界上有三个主要的收集大屠杀相关证人证言的机构。除以色列的大屠杀纪念馆(Yad vashem)和耶鲁大学之外,名导演斯皮尔伯格在拍完《辛德勒的名单》之后,也建立了一个从事同样工作的私人机构。如今世界上的诸多地方,都有类似的收集、采访20世纪诸多社会政治劫难亲历者经历的活动,其中一个重要的缘故,就是奥斯威辛、南京大屠杀、古拉格等等,都离我们越来越远,见证者日渐凋零,人们都不免会提出与阿莱达·阿斯曼(Aleida Assmann,她与丈夫同为文化记忆理论的奠基者)相似的问题：在奥斯威辛集中营被解放70年后的今天，"在没有幸存者和亲历者作为支撑的情况下，有关大屠杀的记忆如何持续到将来？"于是，抢救记忆、保存见证者证言的工作就显得越发紧迫。单单在斯皮尔伯格的主持下，就有超过5万份见证材料得到采集和保存。史学研究中的情形固然是，任何一份相关的材料都可能丰富、修正甚或扭转我们对某一历史面相的认识，但就实际情形而论，在历史研究中这些口述材料恐怕未必具有那么大的效用。以纳粹大屠杀来说，一方面，普里莫·莱维（Primo Levi）在他的《被淹没的与被拯救的》一书中一再强调，像他这样的还能够讲述奥斯威辛经历的人，是有着太多的特殊原因（比如他本人是个有着帮助他活下来的技能的化学家）、太多的侥幸，甚而是道德上的欠缺，才能成为幸存者，而他们是无法代表那些被淹没了的绝大多数受难者的；另一方面，见证者讲述自己的经历，是在事情发生半个世纪之后，而我们已经知道，口述的记忆即便在表面看起来最真实不妄的时候，也往往不是真相的保障。过于看重这些见证的史料价值，反而会带来人们未必愿意看到的结果。欧洲否认纳粹大屠杀的那些专业的或者半吊子的修正派历史学家们，除了爱弹一些老调（比如，没有确凿无疑的文字史料，表明是希特勒本人启动了一场针对犹太人的种族屠杀）之外，最常用的手法，就是在纳粹灭绝营幸存者的证言中，找出各种大大小小的瑕疵，来质疑证言本身的可靠性。这也是日本右翼否认南京大屠杀时常用的手法。因此，有的学者倒更愿意强调，倾听、保存受难者的记忆，本身就是一桩具有道德价值意味的事情。更有人认为，采集大屠杀幸存者的证言，是因为这些证言已经具有了某种神圣的遗迹的性质。倾听、记录这些见证者的声音，就成了具有神圣意味的政治行为和道德举动。

在20世纪这一"极端的年代"里，世界范围内发生了太多社会政治的劫难，诸多的群体和个人经历了太多的苦难和创伤。记住这一切，尤其是受难者难以名状的哀伤痛楚和身心代价，成了我们和后人的一桩道德义务。用诺贝尔文学奖得主米沃什（Czeslaw Milosz）的话来说就是，"活着的人从那些死去而永远沉寂下去的人们那里得到了一条诫命：保存有关过去的真相"。从伦理角度来说，记住是义务，但人们的记忆又注定了是选择性的，不可能全盘记住从伦理角度看来该记住的一切。现代信息储存技术的发展，似乎为最大可能地保存记忆带来了希望，但这并非记忆问题的解决之道。靠Google（谷歌）搜索得到的信息，并不足以构成鲜活的文化和道德资源，就仿佛案边常备的《全唐诗》，并不能够像记诵在心的三百首那样，让人随时受用。而况，从尼采到现代社会理论家卢曼，都强调没有遗忘，个体和社会就无法有效地选择和行动。

从现实政治角度来说，似乎也有同样的困局。南非废除种族隔离制度之后，成立了"真相与和解委员会"，专门调查和处理从前因为种族压迫和种族歧视而造成的具体事件。二战之初苏联军队杀害2万余名波兰战俘的卡廷森林惨案，迟至2010年俄罗斯官方才公布了相关的档案材料。在这些情形下，无论是一个国家内部的不同族群之间，还是不同国家之间，要达成"和解"，追索"真相"仿佛就都成了一个必要的前提。可是,美国学者梅吉尔也提出过别样的情形:在北爱尔兰、巴尔干半岛,在巴勒斯坦和以色列之间,很大程度上人们所面临的困局,却是受制于关于过去的太多记忆,关于过往千百年来宗教和种族间连绵不断的彼此冲突和相互杀戮的记忆。这样一来,有的时候,我们所熟悉的"历史问题宜粗不宜细",就真的是为着"团结一致向前看"的目标所需要采取的政治策略了。

"忘记过去,就等于背叛",类似的警句是我们所有人都耳熟能详的。但有一则俄罗斯谚语,说的却是另外一种意思:"谁记得太多,谁就感到沉重。"如何从历史记忆中了解过去,历史记忆怎样形成,该如何传承,又负载着什么样的伦理和政治的蕴涵?无论在学理上还是公共生活中,这都是暧昧复杂而又无从回避的问题。

(原载《读书》2016年第4期)

追寻思想的踪迹

怀特海和罗素曾并肩工作，奠定了现代数理逻辑的基础。然而，这两位大人物在心有灵犀之外，却也在哲学倾向上有着很深的抵牾。罗素曾说，怀特海思想糊涂；怀特海则断定，罗素头脑简单。哲学史和思想史上屡见不鲜的现象，就是相互论争的哲人和思想家们，也许由于都各有他们坚定的思想立场，有所执着，而相互不能理解。他人思想之难于理解，由此可见一斑。以理解过往思想的意蕴、探讨思想与历史的关联为己任的思想史研究，在给研究者和读者带来探幽入微的乐趣之外，也不断地令人陷入这样的困惑：对于业已成为"史"的"思想"，我们该如何去理解，我们又能真正理解多少？

怀特海有一句广为人知的断言，是说2 000多年来的西方哲学史，都可以看作对柏拉图的一连串注脚。此前歌德早已有过意思相似的名言，他说的是：凡是值得思考的问题，没有不是被人思考过了的，我们所能做的不过是力图重新思考而已。思想史领域长期盛行的一个假设，与这两位的名言并无二致，那就是：人类在不同时代和不同处境下碰到的问题，具有根本上的相似性。思想家异于常人之处，就在于他们对这样一些永恒问题提出了有价值的回答，他们的思想探险构成了人类永恒的智慧宝库的一部分。从而，思想史研究的方法和价值，就在于揭示过往思想中所潜藏的永恒问题和永恒智慧。政治思想史领域（同时也是当代政治哲学领域）中的巨擘列奥·施特劳斯，最典型不过地体现了这种思路。在其《自然权利与历史》的开篇，他就对历史主义和相对主义大加挞伐。历史主义认定，所有思想都产生于特定的历史条件下，无可回避地受到当时当地具体条件的拘束，因而在具有其独一无二的价值之外，也具有它注定了无法超越的历史性和相对性。在施特劳斯看来，历史主义既对过往思想的历史性下了如此超越具体时空限制的断语，它就注定了自相矛盾而无法成立。他坚信不疑的是，我们今天所面临的问题，并不异于柏拉图和亚里士多德的问题。因而，对过往经典的研究，其要旨就在于从字里行间仔细探究其微言大义，从中找寻永恒智慧的踪迹。施特劳斯的《霍布斯的政治哲学》《关于马基雅维里的思考》等著作，就是这种研究路数的体现，而此种研究路数又与施氏本人的思想立场密不可分。

对此种路数当然也会有人不以为然。伯林就曾嘲讽地说，他没有施特劳斯那样的魔眼，看不到在柏拉图那里已经被揭示出来了的永恒真理。然而，伯林在他的《反潮流》等思想史著作中所论列的思想英雄,其共同点都在于反启蒙运动的普遍主义、理性主义和一元论的潮流。他们的思想风格和思想重心五花八门,而在伯林的生花妙笔下,他们的思想价值却都在于他们几乎无一例外地揭示了人类的悲剧性处境:人们注定了要在相互冲突而又同样美好的价值间做出抉择。就此而论,伯林似乎也并没有远离那种探寻永恒问题、追索永恒智慧的思想史路数。真正在思想史研究理论反思的起点上,构成另外一种替代性选择的,当数昆廷·斯金纳和以他为领军人物的剑桥学派。斯金纳受维特根斯坦和奥斯汀的语言哲学以及柯林伍德的思想影响很大。《柯林伍德自传》中很精粹地表述了柯氏那一套"问答逻辑"。在柯林伍德看来,任何思想命题都是对某一特定问题提出的回答,不理解它所针对的问题,就无法理解这一命题。任何问与答的综合体总是从属于某一个特定的历史语境,因此,思想史上并不存在什么永恒的问题,存在的只是对于个别问题的个别回答。对于变化不断的问题所提出的变化不断的答案,就构成了思想史的脉络。在柯林伍德看来,亚里士多德的《政治学》和霍布斯的《利维坦》不可能针对相同的问题,他们所探讨的"国家"和"正义",也根本就是不同的概念,即便表面上是一样的名词。

斯金纳思想史研究的主旨,是要达到对思想的历史性理解。而这就要仰赖他所谓的"跨文本的、语境论的"研究路数。维特根斯坦和奥斯汀的语言哲学提示说,语句的意义不能只从字面来看,而要看它所处的语境。比如,冬天公园湖面的管理人对着企图滑冰的人喊话:"这里的冰太薄。"其中警告、劝诫的含义就不是字面分析所能揭示的。对于思想史中文本的分析，也只有将它还原到它与当时各种文本的关联中，还原到具体的政治、社会语境中，才能真正把握其内涵。例如，培尔通常被视作嬉笑怒骂的怀疑论者，是启蒙运动哲人们的前驱。当代思想史研究中偏好做翻案文章的修正派却认定，培尔文字中诸多讨论宗教虔诚的文字应该按其字面含义来理解，如此一来，培尔似乎摇身一变成了虔诚的信徒。这样的解释，且不说与几乎所有培尔同时代人和后世学者对他的看法大相径庭，它还无法解释以下的事实：培尔曾经因为反天主教而被色当大学解除教授职位，后来又因为不够反天主教而被鹿特丹大学解除教职。而倘若他真的是一个虔诚信徒的话，他又为何不止一次地拒绝修改自己著作中那些容易引起人们误解的部分呢？在这样的情形下，语境就充当了上诉法庭的角色，而对思想史文本的意义做出了有效的裁断。

斯金纳对思想史研究进行理论反思的若干论文，已汇集为剑桥出版社所出他的三卷本论文集《政治的视界》中的第一卷，其中的名篇《观念史中的意涵与理解》的中译文，已被收入新近出版的《思想史研究》第一辑中。而他的成名作、两卷本的《近代政治思想的基础》和他的小册子《马基雅维里》均已出版了中译本。后者是牛津出版社"过往的大师"系列之一，名家小试牛刀，却颇有可观之处。

思想史是对永恒问题进行探索时所激发出来的永恒智慧的储藏所，还是对变化不断的问题的变化不断的答案的汇集处，这实在是一个难以索解的问题。两种立场都有其难以排解的困境，是此处无暇讨论的。也许，我等庸人所能持有的只能是这样一种中庸的立场：思想史上出现的问题，用庄子的话来说，"自其异者视之，肝胆楚越也；自其同者视之，万物皆一也"。变与不变，端赖于我们选取的视角。脱离具体的语境，思想变成了无根游木，很多东西我们无法真切了解；而否认思想家的精神探险中具有某种超越性的可能，就会有将思想完全还原为语境产物的风险。而这一问题，又直接关涉到我们对于思想史研究理论前提的思考。思想史的写法，涉及太多的问题：思想史是光荣榜（或点鬼簿）上各色思想英雄的言论荟萃和分析，还是各种语境中思想发生、延展与断裂的展示；文本和人物进入思想史的准入资格该如何认定；思想史的谱系如何展现思想史中的连续性和其中所出现的断裂；如何注意和处理思想史中"层累地叠加"的东西，还有那些被逐渐由中心而排斥到边缘以至于被后世淡忘的东西……葛兆光的《思想史的写法——中国思想史导论》和《思想史研究课堂讲录》，在对上述问题的理论思考中，融入了大量作者研究实践中的例证，读来让人备感亲切。历史著作的写法，在20世纪70年代以来西方历史哲学发生又一次转型后，已经成为当代历史哲学和史学理论的研究核心。自海登·怀特的《元史学》以来，对历史（当然包括思想史）叙事的研究已经表明，历史文本的结构方式就包含了历史解释中所涉及的认知、意识形态、审美倾向等层面，形式本身就包含了内容（怀特本人的一部重要论文集就径直名为《形式的内容》）。任何学科的进步，都要求对其自身理论前提进行不断的反思，思想史研究的理论反思要求的恰恰就是我们关注其写法。

我从事思想史研究也颇有些年头了，虽然一无所成，但这其中所瞻仰的诸多思想史家所展示的思想史的风采，却也让自己在这样一个学术领域中坚持下来。正所谓，虽不能至，心向往之。求学期间，李泽厚的《中国古代思想史论》、何兆武的多种译著和论文（后来大都收入了《历史理性批判论集》）最早让我领略到了思想史研究的魅力。而卡西尔那本薄薄的《卢梭·康德·歌德》（当然还有他那本尚无中译本的《卢梭问题》）更是给我留下了深刻的印象。自身对康德的喜爱和对卢梭的兴趣固然是重要原因；更要紧的是，对经典著作的博闻强记、对思想材料的细枝末节的精细把握与气势恢宏的描述和解释框架的完美融合，这种仿佛是德国哲人所独有的本领，在我看来是最充分不过地"展示了学问的伟大和思想史的史诗般的风采"（李约瑟语）。此外，乔治·萨拜因的《政治学说史》现在看起来稍微老了些，不再为人重视，我因为多年来受益良多，未敢相忘，至今尚时时翻阅。

帕斯卡说，人是会思考的苇草，虽然脆弱，却因其思想而高贵。思想史研究所要做的，就是沿着人类艰难生存的湿地，探寻那曾经迎风摇曳过的苇草的踪迹。

（原载《南方周末》2006年3月16日，

《我的秘密书架》栏目）

施特劳斯的魔眼

按照施特劳斯那位大名鼎鼎的弟子阿兰·布鲁姆（Allan Bloom）的说法，施特劳斯一生的事业可以分为三个阶段。第一个阶段的代表作是《霍布斯的政治哲学》和《斯宾诺莎的宗教批判》等。这个阶段的施特劳斯乃是"前施特劳斯的施特劳斯"，他虽然看上去兴趣有些古怪，但也许恰恰是因为还没有发展出为他本人所独有，而又最为后来的施特劳斯学派所深心眷注的那样一些思想特色，这些探幽入微的思想史和哲学史著作，却为他赢得了最一致的赞誉。广为人知的事例，就是施特劳斯自己最不满意的那本《霍布斯的政治哲学》，在伯林眼里却是他最优秀的著作。施特劳斯思想发展的第二阶段的代表作，则是《自然权利与历史》和《检控与写作艺术》等。这个阶段的施特劳斯已经探索出了自己解读古典思想家的独特路数，他那著名的在"隐微写作"和"直白写作"之间所做出的区分（那在许多人看来既非独创，又显然走得过远），就是在这一时期出笼的。他的基本思想趋向也变得清晰可见了。布鲁姆说，这一阶段的著作被认为"是荒谬的，它们激起了怨愤"。但至少对于《自然权利与历史》一书而言，布鲁姆显然是过甚其词。此书甫一问世，就广受学林关注，事实上施特劳斯在移民美国近20年后，才借此书获得了美国学界对其学术地位的承认。在其思想发展的第三阶段，施特劳斯由那本著名的晦涩难懂的《思索马基雅维里》（布鲁姆笔下对这本大作神乎其神的描述，直让人想起金庸笔下的《易筋经》和《葵花宝典》）出发，开始了他对古典政治哲学的系统读解。这个阶段的他，才是施特劳斯学派眼中"真正的施特劳斯"，据说他的微言大义都集中隐藏在这个时期的著作中。

《自然权利与历史》被认为是施特劳斯著作中"最为融贯而又完整地陈述自己观点"（其弟子古涅维奇语）的一本。要了解施特劳斯的思想路数，此书无疑是一个最好的入口。全书结构并不复杂，除《导论》外的六章可以归为三个部分。头两章考察的是自然权利论和哲学本身在现代所遭逢的挑战，其锋芒所向，分别针对的是历史主义以及在当代社会科学中所盛行的事实与价值的分野。施特劳斯整本书中没有一次提到海德格尔的名字，但他在第一章中所竭力反驳的激进历史主义，却分明让我们时时看到海氏的身影。第二章则明确以马克斯·韦伯的社会科学方法论为论战对象了。历史主义与当今社会科学中那种"价值中立"的方法论，导致了相对主义和虚无主义的恶果，而这就是现代性危机的深刻表征。全书的第三、四两章分别讨论的是"自然权利（正当）观念的起源"和"古典自然权利（正义）论"，它们构成了本书的第二部分。可以说，第三章讨论的是哲学和自然权利（正当）之所以成为可能的前提条件，第四章则是仔细分辨出不同形式的古典自然权利（正义）论的特点。最后第三部分的第五、六两章，则分别探讨霍布斯、洛克所奠基的近代自然权利论，以及此种近代形式的对于哲学和自然权利的重新理解，在卢梭和柏克身上所体现出来的危机。

　　施特劳斯是不满意于在他之前的近代学者们对于古典思想的理解和阐释的。在他看来，中世纪的思想家们，无论是基督教的托马斯·阿奎那，还是犹太教的迈蒙尼德和伊斯兰教的阿尔法拉比，都比之近代人更能够接近古人。这其中的缘由，主要并不在于在时间上他们距离古人更近，而更其在于他们的视野还没有受到近代哲学和科学中所发生的革命性变化的污染。前人对于古人，比如说首先是对于柏拉图的理解，之所以不能得其真意，还在于他们忽视了对话的戏剧性的方面，忽视了柏拉图笔下的苏格拉底是在以不同的方式来向不同的对象发言的，忽视了细节的启发性意义。施特劳斯本人因此是极为注意古典思想借以表现自己的戏剧性形式的。比如，他会提醒读者，《理想国》中探讨正义的对话，是在具有权威的家长克法洛斯起身去照料奉给神明的祭品之后才开始的，权威和神明的缺席才使得对正义的哲学探讨成为可能。他也让读者注意到，西塞罗《国家篇》中的对话发生在冬季，参加者们追逐着日照，而《法律篇》中的讨论发生在夏季，参加者们寻找的则是树荫。施特劳斯本人的《自然权利与历史》所展现的也是这样一个戏剧性的结构，用古涅维奇的话来说，此书"戏剧性的模式清晰可见：对于当前所面临的问题的审视，导入了对起源的回顾，继之而来的是对显然不可避免地会带来近日之困境的那场回潮的论述。这样，此书就构成了一个循环：首章开始于近代自然权利论的危机，那正是末章结束之处"。

早在《霍布斯的政治哲学》中，施特劳斯就提出，在西方政治哲学史上，自然法观念到了近代霍布斯这里有一个大转变（他原来一直是以霍布斯作为近代政治哲学的奠基者的，后来随着他的新发现而把这个头衔转给了马基雅维里）。古典传统中的自然法，乃是一种客观的"法则与尺度"，是独立于人类意志而又对人有约束力的一套秩序。近代，如霍布斯的出发点，则不再是这种客观的准则，而是主观的权利，这种权利出自人的意志和欲望。《自然权利与历史》延续和发展了这一思路。

我们且来看看书名中所包含的几个关键词。施特劳斯反复论说，"自然"的发现乃是哲学的诞生地，自然与习俗的区分是哲学所要完成的重大使命。希伯来圣经中是没有"自然"概念的。"自然"概念的诞生地古希腊，也就是哲学这门爱智之学的诞生地。用施特劳斯另一个得意门生曼斯菲尔德（H. C. Mansfield）爱举的例子来说，"这是一头白色的神圣的牛"这么一句话中，"白色""牛"是自然的，而"神圣"则是人为的、习俗的。在前哲学的时代，人们没有对于习俗与自然的区分，"好的"就等同于"古老的"或"祖传的"。而哲学的眼光注定了要在习俗与自然之间进行辨别，"好的"于是开始被等同为自然的。施特劳斯的这本书中"权利"一词，会给我们中文读者带来不少麻烦。"right"一词兼有"权利"与"正当（正确、正义）"之意，"natural right"向来指的是近代以来的"自然权利"或"天赋人权"，而施特劳斯在谈到古典的"natural right"时，指的则是苏格拉底以降，古典哲学家对于自然正义（正确、正当）的思索和追寻。在施特劳斯看来，前苏格拉底的哲学家们区分了自然与习俗，但并没有思考在政治领域内存在着自然的正义（正当、正确）的可能性。柏拉图笔下的《理想国》中的苏格拉底则最清楚不过地表明了此种可能性。由此我们可以认为，施特劳斯在《自然权利与历史》一书中，就古典时期所谈到的"natural right"，大体上可以等同于他在论霍布斯一书中所说的"自然法"。施特劳斯恰恰是利用"right"一词的双重含义（中文译本为了保持译名的统一性，在做了相应的说明之后，始终将此词译为"权利"）来展开此书的论证框架的，那也就是：古典时代对于具有客观尺度意义的自然正义（与natural wrong相对的natural right）的追求，是如何在近代被转换成了对于由人的意志、本能和情欲所主导的"权利"的肯定，从而由卢梭所最初体现出来的自然权利的危机，如何不断加剧，而终于酿成了当下由历史主义和标榜价值中立的社会科学所导致的虚无主义和相对主义的危机。"历史"一词，指的则是近代以来，特别是卢梭以来，"历史"观念在近代思想中所扮演的重要角色。按施特劳斯的分析，卢梭对于霍布斯自然状态学说的接受和改造，实际上表明了（尽管卢梭自己未必能够接受）人类在其开端时期缺乏一切人之为人的特质，人类的特质并非自然的赐予，人道乃是历史过程的产物，因此人们就有可能在历史过程中找到行动的准绳。近代历史观念就此被打开了潘多拉的魔盒。既然各民族、各国家的历史过程变化万端、纷繁复杂，正义、正当的准则也就终归是因人、因时、因地而异的。各色历史观念无法提供客观永恒的准则，从而导致了当下的严重危机。现代性危机的表征乃是相对主义和虚无主义，这是由近代自然权利论的危机所最终导致的，而对于自然权利（正当）的思考从来就是政治哲学的根本问题，从这样的思路出发，无怪乎后来施特劳斯出语惊人：现代性的危机就是政治哲学的危机。而施特劳斯开出的救治之方倒是一直不脱《自然权利与历史》中的根本思路，那就是回到古典政治哲学，回到对于合乎自然的最佳政制、最佳生活方式的寻求。

《自然权利与历史》一书的戏剧性结构，实际上也就是晚期施特劳斯（或曰"真正的施特劳斯"）政治哲学的基本思路。至此之后，他日益转向对于古典政治哲学的研究，他的"作"主要是通过"述"体现出来的。对《自然权利与历史》，似乎我们也可以从两个不大相同却又始终缠绕在一起的层面来读解它：一是施特劳斯对于前人思想的读解；再则是施特劳斯本人在读解前人时所发挥的自己的"微言大义"。就前一个方面来说，施特劳斯本人论霍布斯和斯宾诺莎的早期著作，是比之他的中后期著作更少争议而受到广泛赞誉的。如果说，那两部早期作品更多地有似于别的一流哲学史家的作品的话，《自然权利与历史》更多地乃是一个有着自己哲学立场的哲学家对于过往哲学的理解和评判。它有如黑格尔与文德尔班的哲学史一样，在对前人的论说之中渗透了自己的哲学立场。这样的著作除了其理论思维的深度以外，也有其纯粹的哲学史家所不可企及的见识，如黑格尔之率先对智者做出了正面估价，文德尔班之以康德作为近代哲学的中枢和桥梁。施特劳斯的文字虽不踵事增华，却于平实素朴之中颇有凝重温雅之风，在在显出其博学深思的根底，读之令人有如入宝山、目不暇接之感。他对于历史主义与相对主义同样自我驳斥的论断，他对于马克斯·韦伯关于新教伦理与资本主义精神的研究的批评（虽然那只是出现在一个长长的注释里），他对于洛克思想中释放了贪欲的享乐主义倾向的论说，他对于卢梭摇摆在返回城邦与返回自然之间的观察，他对于德性与个性在柏克思想中孰轻孰重的辨析，都令人印象深刻。就后一个方面而论，这么一本主要内容似乎全在探讨过往政治哲学的著作，却涉及当代思想中的诸多关键问题：对马克斯·韦伯的社会科学方法论的批评是直接展开的；海德格尔的名字没有出现过，却隐隐然乃是全书尤其是首章的重要论敌——所谓"激进的历史主义"或者"存在主义的历史主义"，不是指的此公又是谁；对近代自然权利论所导致的自由主义权利优先、"政治中立"（虽然施特劳斯并没有用这个词）立场的批评，要说是对罗尔斯以来的新自由主义的预先反驳（《自然权利与历史》初版于1953年，施特劳斯于20年之后辞世，而《正义论》引起长时期大范围的争议是20世纪70年代后的事，《政治自由主义》的出版是在1993年），恐怕并不是太夸张；认为近代哲学与科学的革命性变化导致今人难以理解古典思想，强调德性优先于个性，主张返回古典传统以救治现代性的顽疾，又不禁让人想起后来写了《追寻美德》的麦金太尔。无论如何，这委实是一部无法让人小觑的大书。

　　记得李泽厚先生曾经在某个地方谈到他读康德和黑格尔的心得时，比较过二者的风格，大意是说，念康德的书，一句一句还是很明白的，但他整段整章的话要说的是什么，却不太好把握；黑格尔则相反，一句一句的话不大好明白，但从大处而言他想说些什么，还是比较容易弄清楚的。就我自己接触康德和黑格尔的粗浅经历而言，李先生此话深得我心，因此印象很深。就此而论，读施特劳斯的感受颇有些像是读康德。就以《自然权利与历史》而论，虽然此书是以讲演稿为蓝本的一本著作，读来不是很费劲，但却自有其引人入胜的魅力，有着经典著作通常都具备的那种"一句顶一万句"的风范，似乎每个句子都有耐人琢磨的底蕴和味道，但在很多问题上他的根本立场究竟是什么，却不大能够分辨出来。比如，他之反对和拒斥虚无主义和相对主义，强调古人对自然权利（正当）和哲学的理解相对于近人的理解的优越性，他之突出哲学与城邦、与公民社会之间的紧张关系，认定哲学生活之为最高的生活形式，而最佳政制之实现只能托付给机遇和偶然，等等，都是很清楚的。然而，他对于有些问题的观点却似乎令人难以琢磨清楚。比如，他对自由民主政治究竟持何种态度？在此书一开篇，施特劳斯就引用了《独立宣言》中的经典名句，"我们认为以下真理是自明的，人人生而平等，他们被他们的造物主赋予了某些不可剥夺的权利，其中包括生命、自由和追求幸福的权利",并接着说,"献身于这个命题的民族,毫无疑问部分地是由于他们献身于这个命题,现在已经成了世界民族之林中最为强大繁荣的一个"。对于由于相对主义和虚无主义的蔓延,由于当代社会科学的不良影响而导致的近代自然权利观念的衰落,他似乎是由衷地惋惜不已;然而,再看下去,他又分明是认定近代自然权利论本身早就已经是误入了歧途,现代性危机愈演愈烈,诚然是良以有也。他的弟子中,有人(如托马斯·潘戈[Thomas Pangle])反复辩白说,他是自由民主制的真挚的朋友(虽然也是激烈的批评者);而自由主义者霍尔姆斯(Stephen Holmes)则毫不迟疑地把他归入所谓的"反自由主义传统"的谱系之中,认为他思想的要点,无非是以哲学家对于真理的垄断来对抗民主制下的平等。就连施特劳斯的诸多门人弟子,对于他那微言大义的理解,也有很大的出入,有时甚而是大相径庭。"孔子而后,儒分为八",这种情形在施特劳斯身后的施特劳斯学派中似乎也出现了。这其间的缘由,除了施特劳斯本人思想的深度和复杂性,以及他那很少正面谈及自己的思想立场、以"述而不作"而往往又不够明晰的方式来表明自己观点的写作风格(经常有人抱怨说,施特劳斯的文字让人分不清哪些话是他引述别人的,哪些话是他自己要说的)之外,大概也有如下一个重要因素:一种政治哲学没有(至少是别人很难辨识出来)某种实际的政治规划来与之相对应,难免有些让人难以把握。不过,可以确认的是,只要我们能深入其堂奥,施特劳斯的思想中自有一番让人探骊得珠的天地,而绝非像是有人所说的,他不过善于故弄玄虚，其实只是一个"没有奥秘的司芬克斯"。

和读卡西尔的《启蒙哲学》《卢梭·康德·歌德》等著作一样，读施特劳斯的这本著作，颇能让人领略到那种对经典著作的博闻强记、对思想材料的细枝末节的精细把握与气势恢宏的描述和解释框架的完美融合，这仿佛是德国哲人（虽然施特劳斯是入了美国籍的）所独有的魅力。同为具有自己思想立场的思想史家，伯林的著述所精心挑选的研究对象，都是如马基雅维里、赫德尔、维柯等思想英雄，他们共同的功绩就是，发现了人类终极性的悲剧处境——面临互相冲突的各种价值之间的多元选择，而没有客观的根据来在其间做出高下优劣之分。伯林的语言优美，摄人心魄；伯林对研究对象的心理"移情"的功力，也让人叹服。但读多了，也让人因其笔下的研究对象思想特征的相似性，以及伯林本人所反复表白的思想立场的单一性，而令人不能餍足。相比较而言，施特劳斯的著作倒是耐读得多，虽然这并不妨碍我们可以对伯林自己的思想立场表示更多同情。

伯林晚年对人谈到施特劳斯，在对施特劳斯的"博学"表示尊重的同时，毫不讳言自己对于施特劳斯基本思想立场的异议。他以嘲讽的口吻说，施特劳斯发现了古典哲人所看到的那超越时空的永恒真理，可惜，自己没有施特劳斯那样的"魔眼"，无缘得见那只有极少数人才能参透的玄机。也许是因为都有自己坚定的思想立场，有所执着，哲人之间的相互隔阂，似乎比之我们常人距离两端的距离都更为遥远，这也是哲学史和思想史上让人感慨万千的事体之一。无论如何，透过那只"魔眼"，来解读一下西方现代性的危机,来拓展我们了解西方古典思想的视野,毕竟是汉语学界一桩值得倾注心力的事情。唯愿近年来国内出版施特劳斯著作和研究施特劳斯思想的温度并不太高的热潮,能够真正持续下去。

(原载《读书》2003年第7期)

理论的价值
——"侨易学圆桌"主持人语

《浮士德》里歌德所引用的德国谚语"理论是灰色的,生活之树常青",是包括列宁在内的很多人都喜爱的。莎士比亚笔下哈姆雷特所受到的讥刺,"你那哲学囊括不了这万千世界",流露出来的也是同样的意旨。世间万事万物,无穷无尽;大化流转,无物长住;想要用一套严整齐备的理论来统摄大千世界林林总总的事物与现象,似乎最终不过是人们徒劳无功的一种冲动。不过,哲学家爱说,人天生是形而上学的动物;人类学家有言,人不过是生活在自己所编织的意义之网上的动物;人类既然免不了对形而上的"道"、对"意义"的寻求,就免不了总有人要对宇宙人生下一番断论,做一番推演。钱钟书先生的《读〈拉奥孔〉》一文中,有一段话是常常被人所援引的:"许多严密周全的思想和哲学系统经不起时间的推排销蚀,在整体上都垮塌了,但是它们的一些个别见解还为后世所采取而未失去时效。好比庞大的建筑物已遭破坏，住不得人，也唬不得人了，而构成它的一些木石砖瓦仍然不失为可资利用的好材料。往往整个理论系统剩下来的有价值东西只是一些片段思想。"此论固然不假，作为新黑格尔主义者的克罗齐，早年的成名作就是《黑格尔哲学中活的东西和死的东西》，后人之视前人，但凡不是把前人视作无条件崇拜的对象因而只能以阐发其微言大义为己任者，都免不了要从前人留下来的东西中分辨一番"死""活"。但反过来说，倘若不是过往的智者们耗尽心力，建起那样一些"严密周全的思想和哲学系统"，后来者想要寻觅可资利用的木石砖瓦，开掘出尚有价值的片段思想，恐怕也少了一个最为主要的源泉。钱先生既珍视"萌发而未构成系统的片段思想"，也同样看重"脱离了系统而遗留的片段思想"，虽其本人并无意构建系统，恐怕也不宜径直以轻视系统作为其学术立场。

"理论"一词的蕴涵，套用西人爱用的说法，也并非一律而是呈光谱式分布的。一端可以是高度抽象而解释范围力图涵盖全部时空的概念系统，另一端则完全可以是从日常生活现象和学科研究实例中生发出来的体验和心得。曾听一位前辈议论说，康德在《判断力批判》中所列举的审美经验的实例，实在算不得高明，可是从他那高屋建瓴的哲学系统"逼"出来的一套美学理论，却是新意迭出，精彩纷呈；而一位前辈的中国学者，虽无太多自身的概念、命题之类，更无系统可言，但因为自身兼擅书画，灵心善感，由具体审美经验而阐发出来的诸多体会和感受，却极为鲜活有趣。

我自己由此得到的印象是，不同层次和涵盖面不一的各种理论，不宜以同样的标准和眼光来看待，其价值所在，各有不同。"白马非马"的命题，三岁小儿也知道是错误的，然而这个错误的命题，用后世的术语来说，却以极端的形式鲜明地提出了概念的内涵和外延之间关系的问题。海德格尔的"在世""畏""烦"等概念，似旧而新，为他提供了分析人类生存状态的概念工具。一个家族的成员之间，甲跟乙鼻子相像，乙跟丙眼睛相像，丙跟丁耳朵相像……维特根斯坦发明了"家族相似性"的概念，指陈人类语言中的类似现象，使得人们关注到并且有合适的概念工具来表陈这种现象。托尔斯泰的某部作品中，从马的眼光来写人的活动，却让读者产生新奇的感受，仿佛诗歌语言有时候描述的是日常生活，却让人瞥见了日常视而不见的生活中的某些层面一样；俄国形式主义文论家拈出"陌生化"一词，来阐释这一文学现象。理论创造的种种例证，不胜枚举。概而言之，理论的价值，就在于它能提出新问题、描述新（或者未曾被人重视过的）现象、提供新视角、发明新（但确实言之有物的）概念。诸"新"之中，但凡得其一端，就可谓有价值的理论创造了。

叶隽教授曾长期专注于文化传播和交流的研究，在德国留学生群体、德国文化对现代中国的影响等领域的研究方面成就斐然。诸多个案研究所带来的亲切体会，引发他对因为时空位移而导致精神迁变的"侨易"现象，进行了更具普遍性的思索，开始了建构"侨易学"理论的艰苦努力，其成绩已粲然可观，引起了不同学科的同道学友的关注。"侨易学"理论之应用于文学和文化交流方面，已有不少学者的相关讨论。我们此番看到的，是历史学界的同道们从各自的研究实践出发，对"侨易学"理论所做出的回应。"侨易学"关注事物的流变，也注意到其中不变或恒常的情形。王东杰教授结合自己的研究，分析了两个案例："方言"这一概念在现代条件下，其语言物质形态与古典中无异，但其内涵已被现代民族国家的种种情势所改造，而其中又包含了古义在一定程度上的延续性；原本是传统训诂学原则的"因声求义"，如何在新文化运动当中及其以后，变成了为文字改革提供依据的命题，而其内涵已悄然发生了变化。王东杰教授的此文，如其论题所示，旨在揭示"不易"中的"变易"。孟钟捷教授则结合目下作为史学界学术热点的全球史研究的实践，提出在文明互动成为全球史聚焦点的情形下，对于全球史研究应如何定位文明互动的案例、动力和文明互动的重要事件，"侨易学"具有启发意义。黄振萍教授则以"移孝作忠"为例，考察了这一儒家观念是如何在具体历史情境下演化落实为制度安排的。黄振萍进而提出，"应感"是理念在传统中国不同领域之间"侨易"的方式，诸如"理""法"这样在现代观念看来悬隔分殊的不同领域，就是由此而贯通的。麦劲生教授和甘颖轩教授讨论了欧美学界的跨国主义（transnationalism）理论取向，指出各种要素在"跨国空间"中的流动，"性、质和量可以变易，思想可以变成实物，行为可以变成制度。例如说，输出的劳动力可以变成资本回流，也可以变成企业哲学再流转第三地，再可以变成政治能量流窜各地，生生不息"。他们通过对旅澳香山商人的个案研究，表明侨易学理论可以与"跨国主义"的理论视野相汇通。

叶隽教授志向高远，侨易学理论的提出，宗旨所在，既是为文化交流和传播提供理论视野和研究方法，其本身也有成为一种普遍哲学的明确取向。坦白而言，我对这后一层面的蕴涵，并非没有疑虑。但以上各位学者结合各自研究实践，而对侨易学理论所做的发挥、阐释、论辩和补充，足以让我相信，侨易学再经磨炼洗礼而成为中国当代学术贡献于世界的原创性理论的可能性。

（原载叶隽主编《侨易》第三辑，系为其中"侨易学圆桌"所做"主持人语"）

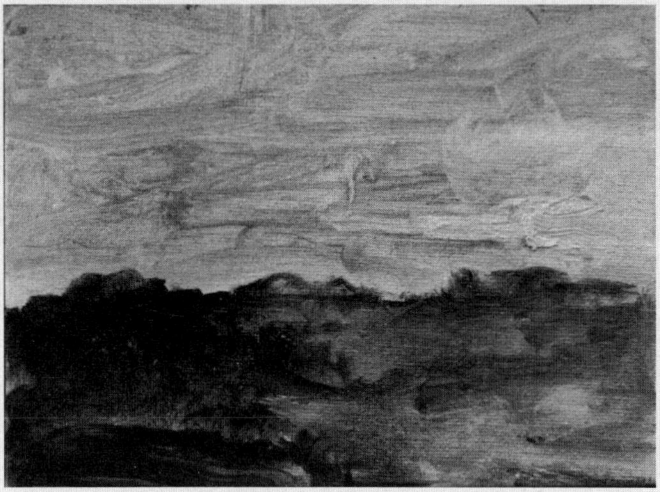

思想的苇草
——何兆武先生小记

何兆武先生又住院了，刚开始时，还让身为弟子的我很担忧，后来大致诊断是受凉引起的感冒发烧，才放下心来。何先生一直身体状况甚好，直到85岁的高龄，他骑着自行车的身影还常出现在清华园中。据说，一位学界前辈的长寿秘诀，是"抽烟喝酒不锻炼"。这三项要诀中，何先生倒是只具备了第三项。何先生生活极为简单，就家居的简朴乃至"简陋"而论，我所熟识的学界前辈中，大概只有刘家和先生可以与他相提并论。他几乎没有任何饮食娱乐方面的嗜好，我曾跟他戏言，就生活习惯而言，他快够得上"存天理，灭人欲"的高标准了。他的健康长寿，我猜，主因还应该是先天的长寿基因和与世无争的平和心态。

三年多以前，何先生骑自行车摔了一跤，后来不能再骑了，还住了院。记得葛兆光教授和我一同去医院看他时，他正兴味盎然地读着《资治通鉴》，让我想起他多次说过的话题：年轻时觉得书里写的不过是父亲杀儿子、儿子杀父亲和兄弟相残，觉得很没有意思，年长了，才越读越有滋味。后来，葛老师还将这一幕，写进了他给何先生口述的《上学记》所作的序言中。这次住院，何先生身体恢复很快，去陪老先生聊天时，他看的是杨天石先生依据近年来开放的蒋介石日记写就的新作。其中涉及的北洋和民国时期一些他身历的旧事，让他备感亲切。何先生举了一个例子，说书里提到蒋出席开罗会议一事，让他想起当年的某日，在昆明西南联大校园中碰到自己学物理学的一位好友，对方说刚见到吴有训先生（当时的联大理学院院长），说是要去送蒋到开罗参会，似乎也没怎么保密。

这些年，大学教育成为社会广泛关注的议题，何先生也经常在各种场合被问及西南联大的旧事。的确，民国时期的大学教育，虽然不过是他那一辈人所亲历的事情，却成就了不少在今人看来已然遥不可及的神话。比何兆武先生更年长的大史家何炳棣先生（前一个何先生在联大读研究生时，后一个何先生已担任教职了）说过："如果今生到过天堂的话，那天堂只可能是1934到1937年间的清华。"何兆武先生则多次提及，这一世最惬意最快乐的时光，莫过于在昆明西南联大度过的学生时代。物质生活极度艰苦的同时，却是精神生活的极大丰富。梅贻琦校长在跑空袭警报时从容自若甚而悠然行走的神态（这无形中让师生的情绪镇定下来）、陈寅恪先生的渊深学识、吴宓先生的至真性情、张奚若先生对时政无畏而尖锐的评论，在他的记忆中都宛若昨日之事一般清晰。完全出自求知兴趣的阅读，由尚友古人、西人而来的快乐，让他至今都无法理解项目、规划一类当今学术体制的运转方式。有些学科中的佼佼者可以是"书呆子"，历史学家却必须对人性和世界运转的方式有深入的理解，"世事洞明，人情练达"，才可能对人类的过往有真切的把握和了解。就此而论，听何先生评史，看何先生著文，常有入木三分的隽言妙语。可是，有时现实世界中因为利益格局而出现的各种乱象，这个等级、那个头衔所对应的"含金量"，却是我花了大力气也跟他解释不清的。记得我跟自己的学生聊起何先生时说，年过八旬，在被别人当面夸赞时，还很容易脸红，这是一桩了不起的人格修炼的成就。对于过往和现实中人和事的复杂性不乏深入体会，而与此同时又不失纯真的"赤子之心"，这样的精神修为，似乎也可作如是观。

在不少人眼里，何先生平生的学术研究可谓成就斐然，他青壮年时代参加侯外庐先生《中国思想通史》的研究和写作班子，后来自己也写过中国思想史领域的中英文著作和论文。他早年在中西文化交流史和科学思想史方面的工作，至今还是人们经常会关注到的。年过六旬之后，他在西方史学理论领域的引介和研究方面，更是做出了开创性的工作。他的一些重要工作，比如《现实性、可能性和历史构图》等重头论文，撇开师生关系的因素，在我这个同一领域的研究者看来，与20世纪后半叶西方史学理论领域若干最重要的篇章放在一起，也毫不逊色。不过，也许学界内外更多的人知道他，是因为他长年在孜孜不倦地做着"送到出版社后也往往十年没有音信"（李泽厚先生语）的西方经典著作的翻译工作。康德、卢梭、帕斯卡、柏克、罗素、柯林伍德等使用不同语言的西方思想家，在中国学界是与何先生的名字连在一起的。可是，何先生不止一次地提到，自己属于"报废了的一代"。曾经有人对此表示不解，甚至以为这是他的自谦。其实，细想起来，一个在青年时期就完成了极佳的学术训练、不乏才情而又对学术研究充满热情的人，却在自己最有创造力的盛年，几乎完全丧失了学习和研究的机会，那言辞中的些许悲凉之意就不难体会了。

何先生非常喜爱他所译的帕斯卡《思想录》中的一段话："人只不过是一根苇草，是自然界最脆弱的东西；但他是一根能思想的苇草……纵使宇宙毁灭了他，人却依然要比致他于死命的东西更高贵得多；因为他知道自己要死亡，以及宇宙对他所具有的优势，而宇宙对此却是一无所知。"纯粹学者的生涯，固然常常被时势所裹挟，却因为固守自己思考和求知的职分而显出其高贵。就此来说，何先生将自己的一本文集取名为《苇草集》，最是相宜。

何先生八十大寿时，他和我所在的清华思想文化研究所曾经试图举办庆寿活动。考虑到何先生反复而坚决的推辞，相关学者的聚会就以"史学理论前沿研讨会"的名义举行。会议当日一早，我奉李学勤先生的指示去接何先生，他却房门已锁，不知所踪。换了别人，逃自己的祝寿会，可能是名士风度，我却深知，何先生是无法适应以自己为主角的盛大场合。此前，他就一再说，"不配做的事情，一定不要去做"。于是，那次祝寿会因为没有了主人公，反倒没了忌讳，完全以何先生的学术成就和人格风范作为主题了。今年秋天，该是他的九十大寿了，我们该怎么样，才能既有所动作，又让老先生能够接受，这可真是一个难题。

（原载《人民日报》2010年7月29日）

"素心人"的感恩心

偶然看到英国老一代的史学名家杰弗里·埃尔顿的一段话：真应该感谢社会上各种从事实业的人们，让像我这样单纯凭着自己的兴趣来研究过去的人，在满足一己私欲的同时，还能够得到一份薪水来养家。这段话让我备感亲切，是因为马上想到了学生时代的一件小事。那是去一位老先生家求教，顺便将单位里邮件箱中的东西带了去。老先生看到其中杂志社寄来的汇款单，随口感慨地说：这个社会上有很多职业大概只是谋生用的，本身并没有什么乐趣，像我们这一行，本身就有很多乐趣，写点东西，居然人家还给稿费！

听这番话时，还是"搞导弹的不如卖茶叶蛋的"时节。如今，教授卖煎饼之类的逸闻，已经是报章杂志回望改革开放三十年时的明日黄花了。且不论与政界和实业界频频往还的经济学家、法学家等学人群中"先富起来"的那一部分，对于一般高校和研究机构中的学者来说，腰包鼓胀起来的速度和程度虽然还让很多人不满意，但若平心而论的话，那着实还是超出了大部分人当年的预期的。只是到了这样的时节，有关学者经济状况的话题，耳畔听到的却常常是"炫耀与不平齐飞，忽悠与怨言共鸣"的调调。还有些人在从容淡定地接过颇为可观的出场费后，又情真意切地抱怨起收入与贡献不成正比。每见着这样的情形，总是强迫性地让自己不断回想起那个古老的人生智慧：幸福感和钱包的丰盈程度并不成正比。

钱钟书有句名言："大抵学问是荒江野老屋中二三素心人商量培养之事，朝市之显学必成俗学。"这"素心人"在荒江野老屋中商量培养学问，对于自己居然还能够靠此谋生，大概是很容易生发出对于社会和他人的感恩之心的。只是，钱氏这样的观念过于前现代，在后现代都让人觉着不够过瘾的当下，实在不合时宜。何况，即便在前现代时，还讲究个"学成文武艺，货与帝王家"呢。

只是，如果眼睛只盯着"项目"，下笔时只想着随之而来的收益，大概就无缘于王小波所津津乐道的"思维的乐趣"了。享尽了这种乐趣的维特根斯坦散尽千金，临终时坦然自得地说："告诉他们，我度过了快乐的一生。"他所凭恃的可不就是这点东西吗？

据说，新的社会结构的合法性，就在于政治精英、经济精英和知识精英的联合治理。果真如此，这里头故步自封的"知识精英"，恐怕是不大会怀有对他人和社会的感恩之情的。他们断断不会像那些寒素的"素心人"一样，因为在满足自身乐趣的同时还有薪水可领、稿费可拿而沾沾自喜，心存感念。怕的是，"素心人"日渐珍稀的同时，一个文化大国的梦想也许离我们也渐行渐远了。

（原载《南方周末》2009年3月12日）

做官可惜

今天的北大校园中，勺园的北侧有葛利普（A. W. Grabau）教授的墓。葛利普是美国著名的古生物学家和地质学家，他长期在北大任教，帮助丁文江等人创办了中国地质学会，为中国地质学的发展做出了很大的贡献，死后就葬在了北大校园中（原本在沙滩老北大校园，后来移到了燕园）。

业师何兆武先生常爱聊起一件和葛利普相关的民国旧事：20世纪30年代初，蒋介石夺了汪精卫的实权后，行政院中吸纳了众多有名学者，一时间"好人政府"似乎成了气候。杰出的地质学家翁文灏也和胡适、蒋廷黻等人一起，被延揽进了国民政府。一家报纸采访葛利普，让他对此发表意见。没想到，葛利普对此深感惋惜，他的理由是，中国可以做官的人很多，而地质学研究做到翁文灏这个样子的，可就他一个人。

身在大学校园，时时也会生出葛利普教授那样的感慨。政府和大学的管理者，关系人民福祉和学术教育事业的发展，固然应该是由最优秀的人才来充当，可适合于做管理者的，未必一定得是最优秀的专家学者。民国时期的大学教育，虽然不过是何兆武先生一辈人所亲历的事情，却成就了不少在今人看来已然遥不可及的神话。其实，蔡元培、梅贻琦和张伯苓分别成就了北大、清华和南开校史上最辉煌的一页，但这三人中，蔡元培的学术地位无法和北大为数不少的名教授相提并论，梅贻琦也不是第一流的学者，张伯苓更是没有专门领域内的学术成就可言。然而，他们同为第一流的大教育家，却是毋庸置疑的。而如今但凡有头有脸的大学，校长必定得是院士，文科学校也得是大牌教授才能充任此职。就办大学而言，第一流的学术人才，未必适合于做管理工作；能够做好管理工作的，未必非得是第一流的学术人才，只要他具有足够的学术判断力就行了。文武兼备、内外双修的人并不是没有，能够把管理工作和学术工作都做得很出色者，就我有限的见识来说，也确乎并不罕见，只是，如果像国内不少名校中那样，让第一流的人文学者去管基建，让出类拔萃的物理学家去管理学生思想政治教育，未免有些浪费人力。其中的理由，绝非说这一类工作不重要，而是如葛利普教授的逻辑一样：在别的很多人都可以干得很好的情况下，何必浪费一个专业上的佼佼者呢！

也许，这样的情形屡见不鲜的缘由，还在于根深蒂固的"官本位"的传统观念和制度安排。既然只有拥有权力者，才能够更加自如地支配各种资源，更加受到社会的"青睐"，于是，官位也就自然成了对于专业技能突出者的"酬劳"；专业干得出色的人当中，也就自然会有人以此作为进身之阶，而不是在自己的事业中寻找最终的归宿。运动员或者教练员拿了冠军当体育官员，学者研究做得好当处长、校长，文艺工作者唱歌跳舞出色了升官阶，也就成了见怪不怪的常态。

社会经济的可持续发展，要靠建立"环境友好型"的社会；学术教育事业要可持续发展，也得形成"人才友好型"的机制。在我看来，此种机制得以成立的一个标志，就是官位变得不再有那么大的吸引力。只希望，目下各种吸引海内外人才的这个项目、那个计划，少为有的人充当加官晋爵的脚手架，而是能够让跻身其中者，真正多做些实际提升学界研究能力和学术水准的事情。

（原载《南方周末》2010年7月8日）

大学里的"接轨"与"特色"

我们这个传统深厚的国度之中,有些传统是颇为奇妙的。比方说,对于同一件事情,可以有着不同的甚至是相互冲突、不能相容然而却都"政治正确"的论证模式。从前人们爱举的例子是,对犯下同一桩案子的同一个案犯,想要严惩不贷的,就说他"虽然情有可原,毕竟罪责难逃",想要宽大从事的,就说他"虽然罪责难逃,毕竟情有可原"。如今世道,"中国特色"和"与国际接轨"似乎也具有了同样的功效。说"特色"有利时就大谈特色,谈"接轨"实惠时就力主接轨。真个是左右逢源,应对自如。油价涨了,那是需要与国际接轨;油价迟迟不回落,那是因为要实行有中国特色的燃油税制度,实在是一件让"有关部门"太费神的事情,只能边维持高油价,边不慌不忙地"探索"。

高等教育中也是同样的情形。比方说,大学要办管理学院,要招MBA或者更高档的EMBA,这当然是服务经济建设、发挥大学功能的必需，也是跟国际接轨的一端。可是，把管理学院、商学院的办学模式甚至招生模式企图复制到整个大学体制，这倒真是有些不同于所有"世界一流大学"的特色了。顺便说一句，当年对北大改革方案的评论，在我看来，最精彩而又最扼要的，就是说那是旨在把北大办成光华管理学院附属北京大学。

建设一流大学的目标高悬在上，使得各校之间竞相挖人，大牌名角待价而沽，择木而栖，形成了一个半开放的高校人才流动市场；大量经费投入科研教学，项目意识取代学问意识。……无论其中效益如何，凡此种种做法，都明显带有接轨的意图。然而，诸如"博导"依然成为"教授"当中的一个等级，学生学习的自主选择权仍然只有狭小空间，这种种有别于"国际"的"特色"，却依然维持甚而得到强化，很少听说有人要求在这些方面与国际接轨的。就比如大学里面人们常常谈到的课程负担问题，虽然远远不能与国际接轨，却依然保持特色如故，看不到有发生显著变化的端倪。

大学中人无论师生大都知道的是，即以人文学科而论，大凡"世界一流大学"之中，学生一个学期当中能够修习的课程是很少的，修三门课大概就已经是一个可以让人满负荷学习的正常水准，要有点壮烈情怀、准备付出超常代价者才敢于修四门课。之所以如此，是因为授课教师提出明确要求而学生必须完成的阅读量、作业量都结结实实，绝非轻易就可以对付过去的。如此下来，每一门课程的教学就都可以使学生在相关领域的训练达到相当程度的水准。反观我们的情形，文科学生一个学期在修完政治、外语类课程之余，常常是不需要承受太大的压力，就可以相对轻松地修完六七门专业课程。可以想见，如此一来，每门课程的训练量和水准是不大可能接得上轨的。这样的课程中经常发生的情形就是，老师讲得精彩，学生听得多一点；讲得乏味，学生逃课或上课干别的活儿多一点，最后一篇作业（或者美其名曰"论文"）了事，学分大致就可以安全稳妥地落到了修课学生的户头。网络时代成长起来的新世代，要攒出一篇貌似自身心得的文字，实在太容易了。况且，在什么都讲市场原则的今天，学生对课程教学评估的好坏，直接关系到学校对教师教学业绩的考察。以轻松愉快的教学方式来讨好学生，在有的人那里就成了教师对学生这个自身产品的消费者群体示好的不二法门。难怪罗志田教授会对如今校园中教师讨好学生的乡愿之风大发感慨呢！

　　数周前的某一天，去教室上楼梯时，听到前面两个女生的对话。一个问：大半个学期过去了，还不知道期末怎么给分儿呢？另一个答：不就是一篇论文吗！老师喜欢的就是这个调调。仔细跟着，发现这二位走进的不是自己的教室，才放心了。毕竟，多次提出过的要求，大致不会让上课学生还能产生这样美妙的幻想。这学期读马基雅维里的《君主论》时，学生都注意到马基雅维里对这样一个问题的自问自答：君主是让民众爱戴更好呢，还是让民众畏惧更好？他的答案是，既爱戴又畏惧当然最好，但如果二者不可得兼，那么还是让民众畏惧更好。因为，爱戴是取决于你很难始终讨好的民众的，而让民众畏惧的手段却是君主操有充分的主动权的。于是，上课时做了这样一个开场白：根据站讲台的经验和教训,给学生很大的负担、指定很大的阅读量和作业量并时时查核,是会让学生抱怨不休的,但往往这样做的教师最后会得到普遍的尊重;让大家轻松过关,学生皆大欢喜,但事后往往会对教师的此种"调调"颇为轻蔑。模仿马基雅维里的问题:教师是让学生抱怨而同时存敬重之心好,还是让学生在轻松愉快的同时存轻蔑之心好?要是我,当然宁愿选择前者。

(原载《南方周末》2009年1月8日)

标准答案，毁人不倦

春节前，来自全国的若干优秀高中生参加了本校自主招生的考试。我领着一群研究生一起去批改笔试卷时，有个发现，让自己大吃一惊。说起来，自己在中学时代所接受的，就是再典型不过的应试教育了。单单关于贝克莱主教"存在就是被感知"的命题，就做了无数道选择题、判别正误题和论述题，以至多年来一看到他老人家的名字，就条件反射般地想起"主观唯心主义"的标签。可是当年备战高考，在做各个学科的论述题时，我所接受的训练，还是要写成文从字顺、思路清晰的小文章的。这一改卷，可开了眼了：这些经过层层过滤才有资格参加考试的中学生，在回答论述题时不少人只是列出若干个干瘪瘪的要点。答卷看上去惨不忍睹，可一对照标准答案，却往往还能拿到不低的分数。因为，那些个标准答案，就是若干答题要点和各自分值的罗列。于是，问起身旁的研究生，才知道在他们的高中时代，应试训练的规则，已经是教人在答题时，如何凑上一个个标准答案中所可能列出的得分点了。

日前给大一学生上课时，因为学生提出的问题，话题转到了他们此前同类课程中精读过的柏拉图的《理想国》。一问，《理想国》中什么人才能做统治者，所有人都能答得上来：哲人王。再问：为什么是哲人王？却始终没有能够得到一个让人满意的答案。只好自己试着解说一番：《理想国》集中讨论的是正义问题。正义可以有很多层面，其中一个很重要的层面是分配的正义。一个社会中会有很多好东西，从各种实物到好名声和好机会都在其中。如何分配这些好东西才是正义的呢？最简单的答案是，要让每个人得到自己应得到、配得到的东西。可这里面麻烦就大了。比方说，要分一块蛋糕，一种考虑是，每个人在参与创造这块蛋糕时付出的努力不一样，因此，应该按照他们付出的多寡而得到相应的酬报；又有一种考虑是，一个衰弱的老人和一个正在成长的孩子，他们虽然付出有限，但需要更大份额的蛋糕来支撑病体或者保障发育；还可以有一种考虑，每个人在创造蛋糕时得到的机会和岗位并不是均等的，和他们的能力也不见得相匹配，所有这些因素也应该加以考虑，才能保证分配结果足够公平；再比如，假如用来分配的是一件小皮袄，大概就只有小孩拿到以后才能派上用场，在壮汉那儿就会被束之高阁……于是，付出、需要、能力、机会、适宜（物尽其用）等等，就都成了公平分配时所必须考虑的因素。要在这样一些要素之间折中、平衡、确定权重，实在不是一件容易的事情。主事者如果没有足够的善意，难免监守自肥；倘若没有清明的智慧，又必定处置不当；而若没有足够的权威，则又不足以服众。一种很现实的解决办法是民主、多数人说了算。可对于柏拉图来说，这显然不是一个可行的选择，因为，他的老师苏格拉底就是被多数人投票给处死了的。可见多数人既不代表智慧，又非德性化身。一个共同体中终归得由权威说了算，而这权威只有结合了智慧、德性（善意）和权力，才能让人们指望，正义才可以在人群之中实现。极目寰宇之间，也唯有兼备了智慧和德性的哲人成了王，这样的筹划才算有了落实处。这就是柏拉图所构筑的理想国中，只能是哲人王当令的一个缘故。

念完一本书，记住的只是一些干瘪瘪的知识点，却没有明确的意识要去探究其中的"为什么"。知识点本身没有被放到一个有机的脉络之中；引出知识和答案的问题和论证思路，却常常不在学生的视野之内。大学中（至少是文科）的师生所常常感受到的中学教育和大学教育之间的断裂，就由此发生了。以前总把有些大学生中阅读、写作时缺乏连贯性的不良习惯，想当然地归咎于互联网对新世代的负面影响，如今才知道，自己太小瞧应试技巧与时俱进的本领了。

教育要教人以知识，要引导人思考，要让受教育者学会准确、连贯、有说服力地把自己的论点表达出来。片断、零散的知识点，因为一心揣摩"标准答案"而被拘限起来的思维，只求找准要点而不求文从字顺、理路通达的表达方式，对少年心智荼毒太甚。这样的教人方式，可就当真将诲人不倦变成了毁人不倦。

（原载《南方周末》2009年4月9日）

主与奴

王蒙的小说很久不曾看了,但他的回忆录、各种随笔倒是越看越上瘾。世事洞明、人情练达的长者智慧,见之于机智百出、灵动活泼的文字,给人带来了极大的阅读快感。且看他论《红楼梦》的一段文字:

> 袭人由于对宝玉服务得特别好,渐渐宝玉已离不开袭人,袭人已经可以用"要回家去了"的言辞辖制宝玉、教训宝玉了。良好的无微不至的无可替代的服务可以成为控制辖制的手段,这很惊人,也很深刻。无微不至的服务使被服务者舒服得习惯得再离不开这种服务了,于是服务者变成了控制者。(见《不奴隶,毋宁死?——王蒙谈红说事》)

类似的精到观察,确实表明王蒙像他自己所说的那样,很多时候是在借"谈红"来"说事",说人生百态,世事人情。紧接着上面那段话,王蒙意犹未尽地写道:"这个道理不俗,不读《红楼梦》里关于袭人的描写,你是悟不出来的。"这就未免说得太绝对了点儿。老实说,看到袭人拿宝玉一把,恐怕不少人都能会心一笑,想起古今中外帝王显要们被孔夫子眼中"难养"的女子与小人们折腾一番的诸多类似情形。把这番道理说得话不糙理也不糙的,还可以抬出老黑格尔来。黑格尔在那本对于哲学出身者有时也颇具催眠作用的《精神现象学》中,就曾大谈特谈主奴关系。他的大概意思是说,主人与奴隶的关系是会转化的,奴隶可以变成主人的主人,主人可以变成奴隶的奴隶。黑格尔是从别的角度来讨论这种辩证关系的,不过我们也未始不可以从和王蒙同样的角度来理解他这段著名的论述。奴隶服务主人到了无可替代的地步,或者奴隶掌握了主人的嗜好品性,进而在很大程度上可以预测主人面对各种事态的反应的时候,奴隶辖制主人就变成很现实的一桩事体了。

中国历史上,从来不乏宦官弄权的例证,奴隶变成主人的主人从来就不是什么稀奇事情。历代的皇帝中,很有一些人,若非因为自己高贵的血统成了人主,本来是可能凭着自身天赋而成就另一番少一些悲剧意味的人生的。被金人掳走而客死异乡的宋徽宗精于书画;身为亡国之君的南唐后主李煜,仅靠三十余首现存词作就被公认为中国文学史上第一流的词人。这二位的天赋才情都比较高雅。爱好和专长相对低俗的,明熹宗算得上一个,这位皇帝精于木工,能做很精美的家具(法国的路易十六则是一位高明的锁匠）。挥汗如雨干木匠活儿的时候，是他从自己酣畅淋漓的创造性活动中得到最大乐趣的时候，也是不容别人打扰的时候。宦官们借这个时机禀报军国大事，往往就能得到自行便宜处理的权柄。奴才掌握了主人喜怒哀乐的规律，也就在很大程度上可以控制主人而成为主人的主人。难怪中国先秦的韩非子和西方现代之初的马基雅维里，都要不断地告诫君主，君臣上下一日百战，万不可让臣下揣摩透了自己的心思，进而让自己陷入危境。于是，"天威莫测"其实倒更是君人南面之术的要义，而不单纯是指君王的权力和威仪。而让臣下时时有"伴君如伴虎"的戒慎恐惧心理，也是帝王维持自身权威不受挑战的必需了。

如今的杂志报端，不乏因秘书、情人甚至司机犯事而被牵扯下台的贪官事迹。官员与自己身边的这些人等，虽不是宝玉与袭人、君王与太监那样的主奴关系，然而其中上下尊卑的等级序列，却还是不容否认的事实。附从者能够在位尊者眼皮底下狐假虎威为自己捞好处，甚至能够在很大程度上支配后者，变成主人的主人，前"河北第一秘"李真就是个绝妙的例证。这样的情形之所以能够发生，大概是奴才像袭人伺候宝玉那样让主人离不开奴才了，或者，就是主人自身不干净，落了太多把柄在奴才的手里。

（原载《南方周末》2008年9月4日）

"更多自主权、更大自由度"从何而来?
——读邱勇校长《一流本科教育是一流大学的底色》

《一流本科教育是一流大学的底色》,邱勇校长在《光明日报》上刚发表的这篇文章,从标题到内容,这"底色"二字给我留下了最为深刻的印象。一流的人才,一流的研究成果,一流的社会影响力,这些都是"一流大学"的题中应有之义;但既是这一切的根"底",又真正能让这一切出"色"的,还是一所大学最为本位的人才培养工作,尤其是高质量的本科教育。

邱勇校长提出,要在教学中给学生"更多自主权、更大自由度"。我以为,这是目前清华在本科教学的课程体系改革中最为显著、最迫切需要解决的问题。

以我所在的人文学院的情况为例。依据我们的调查,近年来,人文学院本科生在本科阶段的绝大部分时间内,每个学期需要修习完成的学分,在25个左右;选修了第二学位的,更是在30

个学分以上。全校的情况大体相似。也就是说，清华的本科学生基本上每天要在教室里上满5节课。这意味着，如果每门课的训练都很扎实、课内外学习时间应该达到1:2的话，学生除去休息之外的几乎全部时间，都得用来完成课程要求的学习任务。实际情况显然不是如此，相当一部分课程并没有让学生达到这么高的学习投入程度。学分要求过高，学习课程门数过多，导致的结果很可能是：一方面，学生学习的自主权较少、自由度较小；另一方面，相当一部分课程又是训练量不足，挑战性不高。而一流的本科教育中，课程教学比较理想的状况，应该是学生学习较大的自主权和自由度，以及课程教学较高的训练量和挑战性这两方面要素的有机结合。

要做到这一点，就只有把总学分降下来，把学生修习课程的总门数降下来；而其中，必须做到而在观念和技术层面上最难做到的，又是如何把专业课程的学分和门数降下来。这是因为，我们不同的院系和专业，都太习惯于按照知识体系的完整性来设计课程教学体系。人文学院进行本科教学改革前，我们除了对本院师生和国内兄弟院校的调研外，还专门调查分析了欧美一流大学相应专业的课程教学安排。我们发现，这些名校相应专业的课程安排中，固然也有通论性的课程，但如果单从知识体系完整性的角度而言，它们的课程设置可以说是相当"碎片化"的；而学生从各类课程中可以自主选择的余地极大，可以说有相当大的自由度。以哈佛的历史学专业为例，"西方历史""非西方历史""前现代历史"等每个类别的课程中，都有多门课程供学生选择，学生可以每类选修一门，而具体的每一门课程往往都是很专门的专题课程。耶鲁等校的情形也很接近。我们自身的历史学专业，原本开设的有从先秦、秦汉到晚清、民国的九门中国断代史课程，都是必修课程。不少毕业生和高年级学生就反映，这些课程训练扎实，都上的话，课太多，平均用力，反而效果不好。如果每一门都开，学生可以从中间选学若干门，不必每一门都上，反而效果更好。训练扎实了，即便接触自己没学习过的领域，也更清楚该如何入手，来掌握基本的材料和进入学科的前沿。

  这就涉及如何看待本科教学中知识体系完整性的问题。我想举我所接触到的和两位清华同事相关的例子。一位是机械系的融亦鸣教授，在学校教学委员会的会议上，我不止一次听到他说："清华学生要习惯于在知识不完整的条件下工作。"另一位是力学家郑泉水教授。有一次他聊天时提到，学习一个专业未必需要那么多、那么完整的专业课程。他举自己的例子说，当年他自己就只学了两门力学课，可是学得很深很有兴趣，使得他对力学现象的理解大大超出了别人。遇到知识体系的空白时怎么办？郑老师的回答是：需要了，再去学就是了。这两位在本领域都极为出色的理工科学者说的话，让我对这个问题上不同学科之间的相通相似，更有了信心。在挑战性和训练量得到提升的前提下，"少"可能就是"多"，它不意味着"弱"，反而可能意味着变得更"强"。各个领域的学科前沿不断变换和推进，知识体系不断更新，特定的知识体系的完整性只在很短的时间内才有意义。对于一个受到过良好教育的人而言，置身于现代社会，真正要紧的不是已经掌握了的知识，而是终身学习的志趣和能力。"授人以鱼，不如授人以渔"，大学教育中，比传授现成的知识更为重要的，是培养学生主动寻求、学习甚至创造知识的能力。

倘若终日忙忙碌碌、奔走在不同的课堂之间，学生是很少能够有"闲暇"的。古希腊哲人的说法是："悠闲出智慧。"邱勇校长引用了老校长梅贻琦的话："仰观宇宙之大，俯察品物之盛，而自审其一人之生应有之地位，非有闲暇不为也。"这里的"闲暇"，不是无所事事，而是如邱校长所说："有了充分的学习自主权，学生才能根据自己的兴趣发挥所长，施展才能，也才能有更多独立思考的时间和空间，审视自身、社会乃至整个世界，不断提高自身的修养。"有了这样的"闲暇"，学生的个性化和多元化的发展才有了可能，"知识传授、能力培养、价值塑造"的三位一体的教育理念，才有了落实的空间。一流的本科教育的底色上，才能绘出一流大学色彩斑斓的锦绣图景。

（原载"清华大学"微信公众号，
2016年6月21日）

走不出的未名情怀
——在北京大学政府管理学院 2016年毕业典礼上的院友致辞

各位同学、各位老师、各位来宾：

站在台上，看着一张张年轻的面孔，作为北大的校友、政府管理学院的院友，此刻，我的心中充满了暖意。

人生短暂。当年做过我最后一任班主任的凌岩老师，每年有很长时间，生活在承德的一个乡村。他告诉过我，那里的老乡爱说：人生一世，不过就是种几十茬棒子，收几十茬棒子。1990年离开北大，离开当时的政治学与行政管理系之后，我到"隔壁"继续念书，接着做了20多年的教师。对于我来说，对于在座的很多老师来说，人生不过就是迎来几十拨学生，又送走几十拨学生。今天这样的场合，就是在我们生命的年轮中，又刻下一道印迹。

人生不过900个月。这900个月中，绝大部分也许平平淡淡，但总会有一些，会在每个人的人生中显现出不同的分量。大家步入燕园的那一个月，与告别燕园的这一个月，都应该是这后一种情形。

我是1986年上的北大，今年正好30年。上个周末，我本科的同学为此又聚会在了一起。当年入学时的情境，诸多有趣的细节，大家都记忆犹新。我的一个印象是，进了食堂就发现：天哪，他们居然用黄瓜炒菜给我吃！这完全超出了我此前的生活经验。住在我对面宿舍的一个蒙古族同学，刚到北大报到时，说汉语还很不利索。过了好些天，他终于开口向另一个同学问了一个他百思不得其解的问题：我来的那天，你要向我"借光"，我没有"光"啊。其实，人家是要让他闪开一下，好搬行李。

未名湖边、博雅塔下，北大的四年，对于我和我的同学们来说，既体验了象牙塔里该有的一切，也是经风雨、见世面的四年。前些天的聚会中，一个同学说，我们这一届很特殊，从1990年毕业开始，我们当中的很多人主动或者被动地，要生存在体制外。他说这个话的时候，我想起，前些年他告诉过我，看到北大毕业生卖猪肉的新闻，发现那位同学果然如同他所预料的那样跟我们是同一级时，禁不住泪如雨下了。比起大部分的同学来说，我跟王丽萍老师等几位，算是少数履历简单、生活平淡的。种种在自己看来还有些沟沟坎坎的经历，比起那大部分同学来说，不过是茶杯里的风波。

同学相聚，我的感慨就是：一个方面，这个国家、这个社会

30年后的模样，我们每个人的生活经历和现在的情形，大概是当年没有任何一个人能够预料得到的；但另一方面，即便是多年没有谋面的同学，大家见了，还会觉得非常亲切而熟悉，这不光是因为同学的情谊，更主要的，还因为每个人基本上都是大家心目中那副"德行"。青春时光、北大四年，给我们的人生打下了太深的印迹。

这几天，毕业季的各种演讲和寄语在朋友圈里不断呼啸而来。因为前些天应下了句华同学布置的在这儿致辞的任务，我一份也没敢打开来看，害怕站到这儿时，觉得每一句话都是在重复他人。但是，作为院友，在这个场合，总得跟大家分享几点自己走到人生中途时的感受。我就在想，假如现在的我，碰到当年就要离开北大的我，我最想跟他说的是什么呢？

我会告诉他：你要尽力对这个世界的人和事保持善意。你从这个校园走出去，不光是要适应这个世界，还要尽你哪怕是再微薄不过的力量，来改变这个世界，让这个世界变得更好。以善意来对待这个世界，才会让这个世界变得更好。从最功利不过的角度来说，以善意来对待他人的人，也最有机会收获别人的善意。

我会告诉他：你要珍惜一切美好的情感，亲情、爱情、友情、同学之情。它们是让你人生中能够感受到暖意的源泉。你成年了，开始独立面对这个世界，但你的父母日渐老去，你不要以为永远会有一个家，在远方等着你；你会发现，这个校园给你的同学情谊，会陪伴你的一生，它会像陈年老酒一样，随着时光的流逝，滋味变得愈发醇厚。

我会告诉他：这个校园给你的，比知识更重要的，是不断学习的能力和信心。你的同学中，会有很多人从事看似与今天的专业没有关系的行当，他们干得很出色，因为他们会硬着头皮，满怀信心，把陌生的东西也能学得最好。

我会告诉他：你要养成健康的生活方式，经常锻炼。这样的话，30年、40年、50年、60年后的聚会，你不会缺席，还不会让别人感慨：你怎么变成了这副模样！

我会告诉他：你要做一个有趣的人。更多的才能，更多的爱好乃至癖好，更丰富的阅读，才会让你的人生更有乐趣，才能让你结识更多有趣的人，才能让你更有可能保持在一个充满好奇心、具有创造力的状态。

我会告诉他：多年以后，你会发现，即便你从未走远，每次行走在未名湖边，都能够带给你回到自己家园的温馨感受。

祝愿各位走出燕园后，人生更精彩、更丰富！谢谢大家！

读书的意义
——在清华大学2016年"好读书"颁奖典礼上的发言

尊敬的各位领导、各位老师、各位同学：

我很荣幸，也很高兴有机会，在这个场合跟大家交流。

前些天的一个晚上，我照例去逛南门附近的万圣书园，好几个小伙子和姑娘来到我面前，说要耽误我一点时间，调研一下实体书店的情况。我一问，他们是清华一年级的学生，我说：我是清华教师，你们可以尽情地耽误我的时间。他们问到我为什么经常来这家书店时，我说：这是中国最好的学术书店，它不大也不小。太小了，不够逛的；太大了，又逛不过来。而且，中国每年新出书的种类是个极为庞大的数字，这家书店预先替我做好了筛选，我需要看或者可能有兴趣看的书，这里基本上都有了。我告诉他们，我身旁的这些书架，几乎每一架上都有清华老师们的著作或者译作，其中很多都是各个领域中最值得重视的。我们一起看了好几个书架，既有今年95岁的何兆武先生的著作，也有我的年轻同事的生平第一本专著。我告诉同学们，这些都是大家平时在清华园里能够看到他们身影的作者。那几个同学感慨地说：听老师您这一说，我们对清华更有感情了。

逛书店，进图书馆，利用电子资源，都是为了读书。接下来，我想就自己的粗浅体会，讲几个小故事，简单地谈一谈读书是为了什么，应该怎样来读书。

读书，是为了改变自己、丰富自己。

用古话来说，读书是为了"变化气质"。孟子说过这样一段话："一乡之善士斯友一乡之善士，一国之善士斯友一国之善士，天下之善士斯友天下之善士。以友天下之善士为未足，又尚论古之人。颂其诗，读其书，不知其人，可乎？是以论其世也。是尚友也。"意思是说，一个人，他要尽可能结交最优秀的人，从他们身上学习，不断地提升自己。而一个人结识的优秀人物总是有限的，因此，人们要通过读书，来"尚友"古人，与古人为友。我们通过读书，所见识的，不仅是孟子所说的"古人"，更包括和我们处于不同时空、不同语言、不同文化传统、不同知识领域的人物和他们的思想。读书能够最大限度地扩展我们精神世界的范围。

也许不少人听说过这样一个故事，八九十年前，后来成为大学者的徐复观，拜一代大儒熊十力为师。熊十力指定徐复观读一批书，一段时间以后，徐复观来见老师。熊十力让他评论这些书，徐复观把这些书的毛病挨个儿批了一遍。以徐复观后来的成就，可以想见，他的评论一定有其可观之处。没想到，熊十力勃然大怒，骂道：你个混账东西，看书你只看它的不好处，如何能有长进！这件事对徐复观震动极大，改变了他的读书心态。是的，如果看书，不善于从中汲取营养，发现自己知识的欠缺，了解别的思路的价值和可能性，很难有真正的长进。

可是，我想，这个故事也完全可以有另一个虚构的版本。假如徐复观去报告说，我看了这些书，这一本如何如何好，那一本又如何如何讲得有道理，没准儿熊十力又会发怒了：你个混账东西，让你看书，你就被书牵着走，你又不是一头驴，让你去哪儿你就去哪儿！完全把自己的头脑变成了各种书籍的跑马场，不加分辨地接受，读书就没有改变你，没有使你变得更丰富。所以，在我看来，为了改变和丰富我们自己，对于读书，我们要像乔布斯所说的那样：Stay hungry, stay foolish。保持如饥似渴的好奇心和求知欲，同时以开放的心态和批判的，甚至是挑剔的眼光，来汲取和分辨书中的养分。

读书，既要有精读，也要有博览。

每个人的专业领域、兴趣和思维方式不一样，每个人的阅读史也不一样。但我发现，无论前辈大师，还是身边出色的师友，都有他们个人阅读史上用力最深、得益最多的书。学外语，有精读，有泛读；读书也是如此。

我印象很深的一件事，若干年前，有一次去社科院哲学所拜望叶秀山先生，他是西方哲学领域的权威学者，目前也是我们哲学系的特聘教授。一见我，他说："你来得正好。我刚背完了一段话。"原来，他正在背诵德国大哲学家海德格尔的一篇有名的文章——《艺术作品的本源》。叶先生说，看了好多遍，越看越好，每一个字都好，觉得非得把这篇文章的德文原作一字不漏地背下来，才算是真正"占有"了这篇文章。精读值得你高度尊重、值得你下大力气的书，引发了你巨大的好奇心和热情的书，一字一句地下功夫，这是我们读书生活中非常重要的部分。一句话为什么这么说，一个章节为什么是这样的论述方式，各个论点之间的逻辑关联是什么，哪句话有言外之意，它特定的说话背景是什么，都需要花力气来琢磨。我自己上课的时候，老对同学说，对第一流的书，我们要像政治教科书里的资本家对工人一样，要最大限度地榨取它的剩余价值。这样的深度阅读的功夫，是我们这个网络时代、碎片化阅读盛行的时代，容易被人忽视的。可我觉得，也许不管是什么样的专业领域，下这样的功夫，都是最能让人长功力的。

精读之外，还要博览。

现代学术体制，注重的是专门之学，培养的是专家。我自己不止一次地见到过这样的情形，不少人对于做综合性、通论性工作的同行不以为然。一到这样的场合，我就想起钱钟书先生的话来。他的大意是说，宇宙、自然、人生，原本是浑然贯通的一体，我们将它分割开来进行个别专门的研究，是因为受到了个人寿命和智力严峻的局限。我们生命短暂，不过几十个春秋、900个月；我们的智力有限，无法贯通太多的知识领域。所以钱先生说，做专门之学，本来是出于不得已，又如何能引以为傲呢？我们普通人，很难像钱先生那样，横扫清华图书馆，更难像他那样，具有照相机一般的超强记忆力和非凡的汲取能力。可我注意到，以我自己所在的清华人文学科为例，从前辈的四大导师，到如今我最出色的、最有创造力的同事，都往往具有跨学科的知识结构，善于汲取别的，甚至是不见得直接相关的领域的营养，他们的阅读书单，一定不是只有主食，而一定是广谱杂食，来源多样的。

我心目中，有关如何读书的至理名言，还是来自我们清华的前辈。华罗庚先生的说法是，要把厚的书读薄，薄的书读厚。我的理解，无论是需要精读的书，还是浏览的书，看过之后，它的基本思路，值得注意的观点，可以钩玄提要地说得出来；这是厚的读薄。薄的读厚，就要求读的书是值得你花大力气的意蕴深厚的书，每一个部分、每一个段落，甚至每一句话，都值得你反复琢磨、比对、思考，调动你全部的知识储备来对付它。有精读，有博览，有时博览的书也会吸引你的注意力，改变你的兴趣点，变成你需要精读的书。

近来，我们的校园里每隔一段就有让人开心的事儿。教师餐厅开业了，我去了好多次，挺开心的，还在餐厅偶遇了邱校长。今天，踏进新落成的北馆，我也挺开心的，因为图书馆的条件改善了，我也是最大的受益者之一。我还听说，这里将会建起一个高品质的书店，这实在太好了，因为我老听到我们的同学吐槽说，偌大的清华园里，没有一家像样的书店。书店开张后，我会经常来，也希望大家经常来，说不定就可以偶遇邱校长，得到校长的赠书呢！

我是人文学院的教师。有一种说法，人文学者有两种工作方式：有人像蜘蛛，仿佛没看到它需要吃到肚子里多少东西，就能够不断地往外吐丝；有人像蜜蜂，要辛辛苦苦地在花丛中采撷，才能酿成一点蜜。或许大部分像我一样资质平庸的人，都像蜜蜂。我们要不断地读书，才能写出属于自己的一点东西来。我站在清华园的讲台上，已经20年了，我既读书，也教书，还写书，归根结底是个读书人。我有时候想，一个人最经常做的事情，是他自己最喜欢的事情，这应该是幸福生活的一个重要指标。那我生活在清华园里，与出色的同事和优秀的学子朝夕相处，每天做着自己最乐于做的事情，做一个读书人，自己的生活还是很幸福的。我相信在座的读书种子们，肯定都感受到了这种幸福和快乐，祝你们长久地保持这样的幸福和快乐，并把这种幸福和快乐传递给更多的人。

谢谢大家！

后　记

　　这本小书收纳了自己若干年来所写、所"说"的一些准学术、非学术的文字。准学术的文字，大都还是集中在自己所从事的当代史学理论和相关领域的研究工作，只不过因为是讲演实录，或者是发表这些文字的报刊需要面向更广泛的读者，在文字风格上与专业研究有所不同。非学术的文字，则大都是在不同场合被自己的工作或友人的催促"助产"出来的。因此，整本书文字不多，需要感谢的人却不少，这里就不一一道来了。每篇文字的最后都注明了最初发表的地方，每一处都是过往经历中的雪泥鸿爪，让我想起相对应的人和事。

　　清华园工字厅内有两个会议室，分别名为"藤影"和"荷声"。在写作这些文字的时候，其实，这两个地方我去得并不多，但却很喜爱那里幽雅的环境。藤影荷声，也是整个清华园校园景色的写照。很多年来，在其中读书、教书、写书，时常觉得是自己的幸运。因此,有了这本小书现在的书名。至于书中的文字,一经脱离作者,就会有它自身或长或短的旅程了。

彭 刚

2017年11月12日

光启随笔书目

《学术的重和轻》　　　　　　李剑鸣 著
《社会的恶与善》　　　　　　彭小瑜 著
《一只革命的手》　　　　　　孙周兴 著
《徜徉在史学与文学之间》　　张广智 著
《藤影荷声好读书》　　　　　彭　刚 著
《凌波微语》　　　　　　　　陈建华 著